天行賞小說

天馬行空 破格創新

天行者出版
SKYWALKER PRESS

JM的無以名狀事件簿：
可惡童話

The Storyteller R

目錄

推薦語

陳浩基　推理小說作家

節奏明快，人物生動，情節有趣……更讓我擊節讚賞的，是作者能夠在這故事中平衡恐怖奇幻、偵探推理和溫情人間劇三大元素，令人眼前一亮。

推薦語

《JM的無以名狀事件簿：可惡童話》故事節奏明快而有吸引力，而且說故事技巧成熟，能輕易令人投入於故事當中。故事主要場景發生在倫敦，但感覺並不陌生，與香港的連繫方式合理而有趣。對人魚及盧亭傳說的理解和演繹相當有驚喜。關於主角的能力和背後謎團，有發展成系列作的潛力。

又曦　香港愛情小說作家

1 來自過去的詛咒

房車的速度有點快，但破壞冬夜獨有那種寂靜的，除了引擎聲之外，還有收音機收訊不良導致的沙沙聲響。

「……是個海邊小鎮……面貌十分奇怪，主要是眼距異常闊，就像魚類那樣，而且……」

「……不要說老人，連中年人也沒有，完全不知道那些年長居民的去向……」

「……奇怪的宗教，所信奉的神明叫作達貢……」

駕駛座上的他對深夜電台的怪談節目並沒有興趣，幸好斷斷續續的噪音完全沒有打擾到他的好心情，他俐落地把收音機關掉，還不自覺地哼起輕快的旋律。終於弄清楚幾個月以來，那奇怪研究背後的真相，這麼一來他所發現的驚人結果也一定可以公諸於世。

雖然明知道根據研究員操守，他是絕不可以和樣本主人接觸的，但由於研究結果實在太震撼，也實在是不能怪他按捺不住想要去看看那個樣本提供者的激動心情。現在他已經親眼證實過了，此刻只想盡快趕回家，把這份興奮無比的心情分享給他最心愛的太太。

這幾個月間的確是把妻子冷落了。起初這項研究的不明點實在太多，理性告訴他是絕不應該參一腳的，然而那個不可思議的內容卻又令他產生了莫名的好奇心，作為一個生物遺傳學的研究者，他真的很想知道這世界上，是否確實存在這樣的一個物質，但另一方面，卻又不敢向妻子說明自己參加了一個十足騙局似的計劃。幸好研究結果十分理想，更是遠遠超出了他的預期，這就足以證明他當初願意冒這個險，是個正確的決定。

這樣的一種物質竟然真的存在，而且還是經他親自證實的。他甚至還擅自調查了樣本的其他資料，讓他找出了更令人難以置信的事實。

但儘管有多超乎常理也好，如今已經有鐵一般的證據。這將會顛覆人類一直以來的生物學、遺傳學、醫學，甚至更多範疇，那麼作為最初研究者之一的他，定會成為留名後世的偉大人物，妻子也一定會以他為榮。

想到妻子滿足的笑容，他自己也不自覺的笑了。

他的妻子既是他的中學同學，也是他的初戀情人。兩小口子在一起有十年了，生活是那麼樂也融融，如果說有甚麼欠缺的話，大概就只差一個可愛的孩子。但不著急，二人也還很年輕，當這個研究結果正式公開之後，機會還多的是，要煩惱的大概只是要幾男幾女而已。

「快點回去吧，真等不及看她知道時的反應呢。」

可能因為心情實在太輕快，他踏著油門的右腳也加重了力度。車速愈來愈快，但他的精神卻沒法集中在路面情況之上，他滿心想著的也是日後名成利就，和妻子，還有成群的孩子們在一起的美滿畫面。

「糟糕了！」

一條黑影突然出現在公路中央，沒來得及看清楚之前，反射動作已讓他踏盡剎車掣。急停令他的頭部重擊在方向盤上，雖然不至於出血，但那衝擊也使得他眼前一黑。同時車門被一道強烈的力量扯下，一隻手伸進車廂中抓住他的肩膊，把他整個人硬拖出車外，他還無法意識到目前是甚麼狀況，只得任由那道極大的力量拉扯，把他在地上拖行。

身體與地面磨擦的疼痛提升了他的恐懼，不過這並沒有持續很久。瞬間他的皮膚所觸到的不再是水泥地面粗糙的質感，而是一種光滑的感覺，冰冷、有一點濕濡似的……是冰，整個地面也是。結冰的水面是何等危險，這是連小孩子也知道的事情。

再一次增強的危機感終於讓他把精神集中起來，他拼盡力氣掙扎，至少要看清楚到底是甚麼東西在拖行著他。可是黑夜裡只有結冰的地面反著微光，他只能勉強看得到拖著他的手，那皮膚上面長著一片又一片像是魚類的鱗片，還泛著幻彩色的光芒。

但他還沒來得及驚訝，便已被猛力抽離地面再甩出去。本該撞到冰面上的他卻沒有受到任何撞擊，便已直接落到水裡，冰水像刀刃一樣刺痛著他全身上下，他當然想要求生，便拼了命地往上游，才猛然發現頭上的水面已在瞬間重新結冰，封閉了他唯一的逃生之路。

「莫非……這才是我找出來的真相嗎？」

他仍沒有放棄，在冰面之下不停擊打著。他告訴自己，既然是剛結成的冰，也許還只是很薄，再用力一點的話還是有機會的。可是水溫實在太低，在冰水中他的力量一點一點地流走，每揮一下手，就像有更大的力量要把他扯往更深處一般。儘管他已使盡身上所有力氣，連面容也因而扭曲，但那看似薄而脆弱的冰面卻是連一絲裂痕也沒有。寒冷進一步侵蝕，他的血管中那曾經溫熱的血液，亦已經凝固起來。

隨著瞳孔漸漸放大，他眼中反映出一個泛著微黃光線的卵形物體。

「茱莉亞……」

他最後的呼喊，已經永埋於冰面之下。

＊＊＊

叮噹。

星期天早上的門鈴比平常更令人煩躁，雖然私家偵探並沒有在公眾假期休息這回事，不過對JM來說沒有工作預定的日子就是休息日，對於任何上門的不論是不是客人也一概不予理會，除非是那位特別難纏的小少爺。

被窩中的他翻一下身，還把被子拉起來蓋住了頭。

叮噹。隔了一陣子，門鈴才再度響起。

不是小少爺，如果是他的話，才不會讓門鈴閒下來一刻。JM決定繼續倒頭大睡，這一刻他對門外那位來訪者的身份完全沒有興趣，被打擾的煩悶甚至把原來已極濃的睡意進一步提升。

門鈴應該還有響過，不過天理得它了。JM的呼吸又再度變得深沉，到他再次有意識的時候已經是接近中午的時份。

先不慌不忙的伸個懶腰，才慢慢地往洗手間梳洗，重點是得把垂下的瀏海用吹風機整理好造型再刷上髮膠，然後換上燙得筆直的襯衫和西褲，其他飾物都不需要，只挑一條簡約的皮帶就好。這是JM通常的衣著習慣，可以令外表看上去比較成熟，一來符合一般客戶所期待的偵探形象，省卻不少解釋時間；其次則是比起牛仔褲和便鞋，西褲和皮鞋穿上去總能使人看起來更高挑一點。

最後還有偵探的必備品，JM把置於床頭櫃的放大鏡放進黑西裝外套的口袋。雖然不常用，但他還是習慣把這個放大鏡帶在身邊，銅製手柄上刻著的S.H.是原主人名字的縮寫，時刻提醒JM這是一件遺物。不過那已是高中時代的事，都快十年了，已經沒關係了吧，JM總是這樣對自己說。

整理完善後，他才從容不迫地坐到廚房的吧台前，等著每天早上他都會享用的香濃咖啡。JM雖然沒有僱家傭，但卻有一班不請自來的火之精靈寄住於此，他們會幫忙打點家務，或是幫JM處理他懶得負責的瑣碎雜項，這可以算是牽扯上來自宇宙那些未知力量之後，JM獲得的唯一好處。

小小的火之精靈們抬著咖啡杯，慢慢放在JM面前，還不忘行過禮才離開。JM呷了一口他們送上的咖啡，慢慢滑著手機看看今天世界又怎麼樣，這種寫意的節奏才是沒工作的早上應有的調子……不對，JM注意到地上的某個東西，使得他不得不放下手中那迷人的香氣。

那是一張便條，躺於大門底的門縫旁邊。

「是早上的來訪者嗎？都甚麼年代了，還留便條啊？」

口中雖然是抱怨著，但他還是撿起了便條，上面就只有一個名字和一個電話號碼。

「茱莉亞……沃克……？怎麼好像有點耳熟呢？」JM快速地搜尋著他腦海中的資料

庫，雖然沒有完全對得上的人物，但卻浮現了一個想法。他二話不說便撥打了電話，接通的是他中學時代中唯一仍有聯絡的人——法醫莫里斯·霍柏。

「你忘了她啊？人家都和你同班兩年了。」另一頭的莫里斯淡淡地說：「因為她已經結婚轉了夫姓嘛，就是艾歷克·沃克，也是你的同班同學啦。」

對方似乎並沒有為自己突然詢問起中學同學的事而驚訝，JM心裡已有個底，他擦亮打火機點燃了唇邊的香煙，深深吸了一口。

「是你叫她來找我的嗎？她遇上甚麼麻煩事了？」

「其實就是我剛剛說的艾歷克，也就是她丈夫，那個人失蹤了，已經差不多一個星期聯絡不上。」

「那你會叫她找我，肯定不是夫妻不和那種吧？」

聽到失蹤這個字，JM已立即聯想到各種各樣的可能，畢竟他當私家偵探已經好幾年，尋人尋物這類案件都已接過不少，只是這類案件一般都不太有趣，如果當時手頭不算太緊的話，他一般都會推掉。

「我想不是吧，其實我也不太清楚，畢竟這幾年間我也沒怎麼和他們聯絡。」莫里斯頓了一下，才又說：「詹姆斯，你就幫幫他們吧，始終相識一場。而且你也該多儲點錢了吧，這總有好處啊。」

莫里斯還是一樣愛嘮叨，雖然他只比JM年長兩歲，但可能因為知道JM一個人住在倫敦，所以從中學時代開始，已經像長輩那樣對JM的生活作出干預，特別是在高中的那次事件之後，他對JM的關注就更明顯，這種煩人的性格還隨著他的年紀而增長，常常令JM覺得頭痛不已。

不過話分兩頭，JM又的確是受了他的照顧不少，特別是工作上，身為偵探的JM常常會借莫里斯作為法醫之便，無論是死者資料，屍體訊息或是實際死因等資料上的協助，還是借用醫院中各類醫學或是實驗器材，只要JM要求，莫里斯基本上也沒推辭過。

「好吧，既然是你的拜託，我就去瞭解一下吧。」

這句話雖然是真的，但卻只表達了事實的一半。誰會找上多年沒聯絡但又當上了法醫的舊同學幫忙尋人呢？

JM嗅到了有趣的味道。

＊＊＊

今天是她的八歲生辰，女孩決定來一場小小的冒險，就是帶母親到附近的餅店，一起購買自己的生日蛋糕。

女孩很清楚父親一向也不容許母親離開屋子，是因為他們一家身份特殊，在外貌上和其他人也有明顯分別，而且母親不但不會說話，連一般生活也需要由女孩來照顧，父親會擔心也是很正常的。但今天是女孩的生日，而且餅店也不遠，女孩就只有這樣一個小小的願望。

不會有問題的，她想著，便快快樂樂地拉著母親的手出了門。

女孩特意沒有走人來人往的大路，而是帶著母親繞進了僻靜的後街。雖然是迂迴了一點，但女孩認為盡量避免遇上任何人會比較安全。的確母女二人並沒有遇上任何找她們麻煩的人，只是她們卻被另一個東西攔下，那是一個櫥窗。

櫥窗框以古典的木雕作裝飾，玻璃後陳列的是各式各樣精緻的物品，有金屬製高腳杯，鑲嵌著寶石的首飾盒，還有復古風格的手錶、鈕扣等。雖然花多眼亂，但女孩還是留意到母親的目光一直停留在一個紫色小花髮夾上。

女孩抬頭看了看店名，她對古董一詞並沒有甚麼概念，只知道這家店的商品種類繁多，大概就和雜貨店差不多。女孩數了數口袋裡的零錢，大概就只夠買一個最普通的生日蛋糕，但她看著媽媽的黑長髮，想了想，便鼓起勇氣推開店門。

店內的貨品更多，步道狹窄，女孩小心翼翼地走到店的深處，櫃台後那個弓著背的老頭盯了她一眼，便又重新把視線轉回到他拿著的報紙上。

女孩深呼吸了一口，才以這個城市的通用語言——英語說：「請問……」

那明顯不是她的慣用語，而且老店員瘦削得陷了下去的臉頰，還有尖銳的目光也讓她感到害怕，說話的聲音也漸漸變小。

老店員卻只是一直看著報紙。

「請問櫥窗的髮夾，可以看看嗎？」

老店員依然沒有任何反應，就像完全聽不到她的聲音一樣。

女孩唯有大著膽子，伸手拉了拉老店員手中的報紙：「不好意思，我想——」

「那個不賣的。」老店員卻連看也沒有看她。

「為甚麼？」

「沒有為甚麼，就是不賣。」

「不是的，我有和媽媽一起來。」女孩似乎誤會了老店員的意思。

老店員這才緩緩抬頭，櫥窗外是女孩的母親，她看著陳列品傻乎乎地笑著，還把兩隻手都放在玻璃窗上，等下肯定要留下兩個大掌印了。但最重要的，還是她的黑頭髮和黃皮膚，這使老店員緊皺著眉頭。

「不賣的。」老店員特意説得非常慢，但聲量卻很大：「這兒沒有東西適合華人，聽得懂嗎？」

「不賣啊？」突然一個年輕男子的聲音從女孩身後傳來。

女孩連忙回頭，明明剛才進店時沒看見其他客人，此刻卻已有個年輕男子站於她身後。他和女孩一樣擁有著黃皮膚和黑眼睛，只是他的頭髮則是經漂染的紅色。

「沒有東西適合華人，你是在説我嗎？」

「不，不是。當然不是指你了，樊。」老店員即時換上一張笑臉。

「櫥窗的髮夾我要下，給我包起來吧。」

「好，好的，我這就去，請稍等一下啊。」

老店員走出櫃台，側著他瘦小的身軀從狹窄的通道中走了出去，剩下女孩疑惑地看著她面前，得意洋洋地笑著的年輕人。

「別擔心。」他開了口，説的是女孩熟悉的粵語：「我姓樊，是你爸爸的朋友。」

女孩細細的打量了這位樊先生，雖然他的笑容看起來還真友善，身上穿的也只是普通得不得了的連帽黑色衛衣和牛仔褲，就像隨處可見的青年人那樣，但女孩卻一直在他身上感到一股説不出的壓迫感。最後女孩的目光停在他提著的黑色袋子之上，裡面的東西把袋口撐得大大的，只需要再往下瞧，肯定就可以看見袋子裡的是甚麼。

女孩卻突然不由自主的渾身顫抖了一下。

「那個髮夾，你可以賣給我嗎？」

女孩只想轉身逃跑，但她還是硬著頭皮提出了她的要求，因為她已經決心要買到母親一直看著的那個髮夾。

「我想應該不行，你手上的錢不夠。」樊先生卻一口拒絕了她。

「但是我媽媽很喜歡，如果不夠的話，我可以……」

「樊，這是你的東西。」老店員正好回來，並把一個小包裹交了給樊先生：「你就早點說這女孩是你的朋友嘛。」

「記帳吧。」

樊先生趁女孩一不為意，便已拉起她的手。女孩吃了一驚，只得呆呆地隨他離開店面，來到了一直在店外的母親身邊。

「許太太，我們很久沒見了。」樊先生笑著打了招呼，並把小包裹交給女孩的母親：「這個就請你親手交給她吧。」

母親也朝樊先生笑了。她打開包裝袋，從裡面拿出了那紫色的小花髮夾，別了在女兒的黑髮之上。

「咦，媽媽，這不是你喜歡的髮夾嗎？怎麼……？」

「這花叫藏紅花，英文是莎芙倫（Saffron），」一旁的樊先生輕描淡寫地說：「正是你的名字，所以你媽媽才想要送給你作生日禮物呢。」

「真的嗎？」

母親笑著點了頭，女孩高興得立即抱住了她。

「好了，你們二人也別在街上流連了，讓我送你們安全回家吧。」樊先生笑著說：「我也正要拜訪你父親呢。」

莎芙倫是第一次收到母親送給她的生日禮物，喜出望外的她已經忘了要去細想這個自稱樊先生的青年到底是甚麼人，更別說那個袋子裡的東西。

那是一個淡黃色，像是非常大的蛋形石頭。

＊＊＊

她又再次往紅茶裡放糖，都已經第五回了。

JM看著坐於他的會客室，也就是他家中客廳的女性。高中畢業之後已有六七年沒見過面，茱莉亞・沃克和他記憶中的樣子比起來已經改變了不少。悉心編理的棕紅髮髻、身上的品牌衣裙和手袋，還有無名指上碩大的鑽戒也顯示出她的經濟能力，不過JM更重視的是那連高級化妝品也遮蓋不住的眼袋，還有無意識地一直放著白糖這個行為，於是便在他的筆記本上，寫下了精神緊張一詞。

「所以，他是在那一晚離家之後就聯絡不上的。」JM以總結去引導茱莉亞把事情繼續說下去：「那可以告訴我他離家之前的狀況嗎？剛才有提過是幾天前對吧。」

「是第五天了，星期二晚，一月十六日。」茱莉亞說：「那天晚上他突然要出去，說是研究方面有重要事，匆匆忙忙的，也沒說太多就出門了。」

JM知道茱莉亞口中的研究，是指她丈夫艾歷克的工作。艾歷克是大學裡的研究員，主要研究生物遺傳學。在見面前調查清楚客戶的底細和案件中可能相關的資訊是JM的習慣，他最討厭浪費時間。

「是大約幾點左右？」

「那是差不多要就寢的時間，應該已過了十一點。」

「這麼晚了啊，他的工作需要這樣隨時待命的嗎？」

「不是的，他是依一般的辦公室時間上班。」

「那麼類似這樣，他突然要外出的事情，之前有發生過嗎？」

「沒有，我們在晚餐後，通常都不會再出門。」

「那你留意到他是怎樣被叫出去的呢？例如電話之類。」

「電話嗎？應該沒有。」茱莉亞想了想，才繼續說：「那時他在書房內，大概也是在用電腦吧。」

「也是？」終於有一點能引起JM的注意：「你的意思是他很經常用電腦嗎？」

「這樣說……應該算是吧。想起來，我們最近交談的時間變少了……」

「最近是指大約多久左右？」

「讓我想想……」

茱莉亞沉默了好久，她一直垂著頭。

JM抽了幾口煙，到香煙燒盡了才不得不提問：「一個月？兩個月？只是個大概時間也可以。」

「抱歉，其實是現在你問起，才讓我注意到這件事。」說到這兒，茱莉亞的眼眶已經泛紅：「但從前我們之間的感情……是非常好的。」

不過不識趣的偵探似乎對她的答案感到不滿，又接著問：「你說他常常在用電腦，是在工作嗎？」

「我不太清楚，不過我想應該不是，這跟他的性格不合。」

「那他在做甚麼？玩遊戲？看電影？社交網站？」

「我……不太清楚，他通常都在書房裡……」

兩夫婦的感情真的那麼好嗎？看來再從這個方向問下去也沒甚麼意思，JM又點了另一根香煙吸了一口，他決定在轉話題前先讓尼古丁清空一下自己的思緒。

「那麼這幾天來，有沒有收到過任何訊息？例如綁架勒索之類？」

「這倒是沒有。」

「那你有以其他方法找過他嗎？例如報警。」

「我有報警，但那邊完全沒有消息。」

「完全沒有消息？」

「是的，完全沒有。我看他們根本不把艾歷克的失蹤當一回事。」茱莉亞說著，情緒也開始激動：「他們總是問艾歷克和我之間的相處，或者他有沒有甚麼異性關係，說得好像是他要拋棄我離家出走似的。」

JM頓了一下，思考著這個可能性。

「那你知道警察為甚麼會這樣假設嗎？」他盡量不讓茱莉亞察覺他的想法。

「我不知道，他們就是不告訴我。」茱莉亞垂著頭，手緊握著：「我已經沒有其他方法了。」

「請給我警方負責人的聯絡方法吧。」JM把他正在寫的筆記本和筆遞給茱莉亞：「我會去看看他們到底有甚麼線索的。」

「當然可以，負責人叫亨利．湯普森，這是他的電話號碼。」

茱莉亞想也不用想，便已在筆記本上寫下了名字和一串數字，可想而知她到底撥了這個號碼多少遍。

「我會盡快開始調查的。」JM把手邊的筆記本合上：「不過在此之前，還是有些事情需要和你確認。」

「沒問題。」茱莉亞在手袋中取出了支票簿和筆，爽快地簽了字並撕下了頭一頁，交給JM：「這件事請你盡力調查，我希望能盡快找到他。」

JM看了看銀碼欄，才把支票對折收好：「當然。請給我一點時間，有甚麼進展的話，我會立即通知你的。」

「好的，我會等著，無論是甚麼消息也好。」

JM站了起來向茱莉亞伸出右手，茱莉亞也握住了他的手，還報上一個禮貌的笑容。

就在JM送茱莉亞離開時，在門外的她卻突然回頭。

「慢著，」茱莉亞茫然地看著JM：「我可以相信你嗎？」

JM知道她會提出這樣的疑問，肯定就是因為高中的那個事件。

「這個問題在你留下紙條給我時已經有答案了，不是嗎？」JM卻沒注意到自己一直掛著的商業笑容退了下來：「請安心等著我的聯絡吧。」

大門關上，JM的心情卻變得複雜。茱莉亞的出現彷彿把他帶回過去，那一天，天色晦暗，一朵黑色的薔薇飄蕩而下，墜落在黑不見底的深淵之中。

JM揉了揉前額兩側，才鬆開了緊皺著的眉頭。為了馬上把專注力重新放回工作上，他把剛才和茱莉亞對話時所寫下的筆記重新審視了一遍。警察到底掌握了甚麼線索導致他們會判斷為離家出走呢？看來還是得和警察聯絡才能知道。

JM撥通了茱莉亞留下的電話。

「你好，我是湯普森，請問是哪一位？」電話傳來一個上年紀的男子聲音，語調有點慵懶。

「你好，我是茱莉亞．沃克聘請的私家偵探，你可以叫我JM。」

JM雖然想過編出其他身份，但還是決定直接以茱莉亞的代表這個身份來接觸警察，效率最高之餘，也可以觀察對方的反應。

「甚麼？又是那位沃克太太嗎？」電話另一端的湯普森語速有點慢：「還沒有甚麼可以向她報告的，你就叫她再等等吧。」

「請先聽我說，我和沃克太太談過，覺得他的丈夫未必是失蹤，」JM故意拋出引對方注意的話題：「或許沃克先生是故意不和他太太聯絡也說不定。」

「就是嘛。」湯普森立即和議，語調也隨即變得輕鬆得多：「你明白就最好了，那你向那位太太說明一下嘛。」

「對啊，他們夫妻間的關係肯定不是沃克太太所說那麼好，」見對方一下子放下了戒備，JM更進一步附和：「不過我只是隱約感覺到，還沒有甚麼實際證明足以說服我的委託人。我知道警方也有類似的結論，所以我想你們一定是掌握了甚麼資料……」

JM故意在這兒停頓，果然對方就急不及待幫他接了下去。

「這就明顯不過了，艾歷克．沃克有不尋常異性關係，而且也無緣無故的富裕起來。」

「是女性嗎？請問是怎樣的女性？」

「這就不能告訴你了，我們多少也得保障一下其他人的私隱嘛。所以我們也沒有告訴那位歇斯底里的太太，免得她會自找麻煩。你也知道嘛，像她這類型的女人，很容易就——」

「好的，我明白了。」

湯普森似乎還有很大篇幅的個人見解打算發表，JM在記下異性和金錢這兩個重點後，便決定立刻轉個話題：「所以警察也沒有再追查沃克先生的行蹤了吧？比如說是手提電話的衛星定位之類，對你們來說要找到人根本沒有難度，對吧？」

「我們當然有查過啊，不過沃克那傢伙應該是真的下定了決心。」

JM立即推測著所謂下定決心的意思，不過與其空猜想，倒不如等對方說出來更好。

「他應該是把手機丟了。」湯普森繼續說：「手機維持在關機狀態，衛星也追蹤不出來。不過我們當然有其他辦法，我們知道他的手機還在倫敦，一直在同一個位置沒有移動過，也許他以為丟在某個難以被人看見的角落就沒人知道吧。」

幸好是個愛炫耀的傢伙呢，JM暗自慶幸著。

「那麼說，你們大概已經找到他的手機了？」

「這倒是沒有，我們已經找過幾遍都找不到。你也知道我們的人手很緊絀嘛。」

「那就正好是我效勞的好機會，」JM知道機不可失：「找到手機的話，沃克太太相信也會接受真相的了。」

「也對，反正找失物就是你們這些私家偵探的工作啊。」湯普森也在電話裡輕佻地笑著：「那手機在金絲雀碼頭，如果你能找到的話，那我們也省事了。」

「感謝你的資訊，找到的話我會馬上向你報告的。」

「呵呵，那就拜託囉。你叫甚麼來著？」

「JM。請叫我JM吧。」JM又禁不住點了一根香煙。

「那我就姑且等著啊，找不到也不要緊的。」

電話掛斷，JM滿意地看著他的筆記中新加上的一個重點——

金絲雀碼頭。

2 真相

「王子立即就認出救了他的人魚公主，並一眼就愛上了她，」莎芙倫以溫柔的聲音說：「即使人魚公主既不是人類，又已經沒有了聲音，王子還是愛著她。」

莎芙倫說的並不是在倫敦這個城市中最常用的英語，而是她的母語——粵語。雖然自小已在倫敦長大，但在家中她還是慣用粵語多一點。

「於是二人就幸福快樂地生活下去，直到永遠。」莎芙倫邊說，邊輕撫著躺於床上的曾如的前額。

曾如眨了眨眼，並沒有回應任何一句話，只是露出了如孩子般的天真笑容。

曾如是莎芙倫的母親。懂事以來，莎芙倫已經知道自己的母親與別不同。不過單從表面上來看的話，她也不過是不懂說話，自理能力較差和思想比較單純而已，也就和一般智能障礙者差不多。換句話說，曾如也如孩子一般單純，如果她笑了，那就一定是覺得快樂，這是她和母親相處二十年來所得出的結論。

「你果然還是最喜歡這個故事呢，我也覺得爸爸的改編真好。」莎芙倫也以笑容回應了母親：「大團圓結局才算是童話故事，像我們一家人這樣，也是大團圓結局呢。」

雖然曾如跟一般的母親稍有不同，不過莎芙倫卻是十分喜歡媽媽，彷彿世上最純淨的善良和美好，都能在媽媽這個稚氣的笑容中找到。莎芙倫不單要面對華人在白人社會中的壓力，還得保守著另一個重大的秘密，只有和家人在一起，才是她最放鬆最安心的時間。所以莎芙倫在安排大學這個學期的時間表時，也特別排出了一天完全沒有課，為的也是多騰一點時間，陪陪媽媽。

曾如用臉頰靠在莎芙倫的手上，又笑著點了頭。

看著如此單純的母親，莎芙倫卻是嘆了一口氣。現在這樣，一般人已經會對媽媽投以奇怪的目光，何況她們一家還有另一個不可告人的身份。父親從不讓曾如踏出屋子半步，莎芙倫也非常明白父親這個決定，不過如果某一天，莎芙倫自己，甚至曾如也可以被社會大眾接受，自由自在地過活的話……

莎芙倫搖了搖頭，揮走了這個美好得有點不切實際的幻想。

「好了，快點睡吧。」莎芙倫輕拍了母親的頭：「我今天要到爸爸的店代班，得出門了。」

莎芙倫看看手錶，還有差不多半小時才要到下午六點鐘：「現在出門的話，還可以先到金絲雀碼頭那邊買杯咖啡呢。」

不過當想到金絲雀碼頭，她心底卻是浮起了一絲不安。

「不會有問題的，應該是我太多心了。」莎芙倫暗暗地安慰自己。

曾如卻在此時拉了拉她的手，那個帶笑的眼神把她那些凌亂的思緒都通通驅走。

「對呢，我也差點忘了。」莎芙倫把一個小巧的髮夾交到母親手中，並讓母親把這個淡紫色的小花髮夾別在她黑而直的長髮上。

「那麼我出門囉。」

莎芙倫的笑容完全就是遺傳自曾如，那是同一種的天真美好。

＊＊＊

金絲雀碼頭並不位於倫敦市中心，她是座落於倫敦市以東，泰晤士河畔的一個消閒區。雖然過往以商業大廈為主，但現在已經是購物中心、餐廳和咖啡店的集結地。而每年的十二月到二月，中央廣場都會改裝成一個溜冰場，這非常受年輕人歡迎。不過JM覺得自己跟這種熱熱鬧鬧的地方，感覺總是不搭調，所以即使他居住在倫敦這麼多年，今天才第一次踏足此地。

一如所料，星期日傍晚這兒遊人非常多，特別是溜冰場上傳出的歡笑聲最為吵耳。

站在一旁的JM深深吸了口香煙，讓尼古丁的味道充滿了鼻腔和喉嚨，他經常說服自己說這是刺激思考的方法。

為甚麼艾歷克．沃克的手機會在這兒？這是JM現在要解決的問題。首先JM並不贊同警官湯普森說他自己把手機丟於此這一說法，一來這兒並不是艾歷克慣常的活動範圍，而且如果要刻意丟掉手機，找個人煙稀少的地方才更合理。再者純粹為了隱藏行蹤的話，也沒有必要像這樣把手機丟棄，直接摔壞不是更簡單？

那麼會是因意外而把手機遺留於此？還是故意留在這兒讓人追蹤？JM暫時還沒有掌握到這方面的線索，所以才有必要自己親眼來看一看。他知道警方已經搜查過，但毫無發現，想來只有兩種可能，一是以湯普森的反應看來，警方的調查並不仔細，或許把甚麼重點漏掉；二則是或許警察確實有好好調查，但他們就是看不出來。

世上一直充滿著人類所不能理解的力量，指的不是幽靈或鬼魂之類的傳說，而是更加實在、來自宇宙的外來力量，就是比人類擁有更高智慧的生物，也可以說是一般人所認知的神。這些宇宙外力是何等強大，人類在長久歷史中一直倚仗的真理和法則，在這些存在面前都是那麼渺小而不堪一擊。宇宙的真理既陌生且不可理解，對於未知，人類的本能就是恐懼，因此單是觸及，便足以讓這些不自量力、妄想去尋求真相的凡人瘋狂。

JM比那些人幸運一點，雖然已經親身經歷過那種無以名狀的恐怖，但他似乎受到外力眷顧，基本上只是失去了安穩無知的生活，卻換來了能看破偽裝的真實視覺。雖然這令他曾經有好一段時間遊走在瘋癲邊沿，也從此與「那一類事件」脫不了關係，不過現在他已習以為常，還會覺得強行寄住在他家中的小精靈們也是不錯的小幫手。

想到外力的問題，一種鼓動便於JM心中湧起，或許是經驗使他慢慢建立出對那一類事件的雷達，但一向自信的他這次卻不希望自己的直覺有那麼準確。

不安驅動著他的雙腳，JM快步踏進了溜冰場，一邊閃避著正在溜冰的人們一邊前進，也顧不上穿著的還是皮鞋，終於他來到了溜冰場的一個角落。

「天啊……」JM失聲低呼。

溜冰的人很多，儘管冰面已被無數溜冰鞋劃出深淺不一、方向凌亂的劃痕，冰面之下那個扭曲著的面容還是清清楚楚地烙在JM的眼底。那隻似在揮動的手，應該是在作出最後掙扎，那雙已經了無生氣的瞳孔，映出彷如黑洞般的恐怖，沒合上的嘴巴大概是在為他那脆弱而渺小的生命發出不能被聽見的吶喊。

是艾歷克．沃克，正確來說是艾歷克．沃克的屍體。他的屍體就近在咫尺，就正正在這透明可見的冰面之下，但這溜冰場上少說也有幾十人在來回滑動，他們只是歡笑著、享受著，沒有人發現任何異樣，只有JM目睹了冰封中的他的遺容。

「是誰？為甚麼要這樣做？」很直接的兩個問題，佔據了JM的思考。

「小心！」

聲音響起的同一瞬間，JM被拉了一把。由於冰面很滑，在這道未能預料的力量拉扯之下，JM直接失去平衡，往場外跌倒。

「你不是在溜冰對吧？」拉他的是一個女孩子：「那就別在溜冰場內發呆啊，很危險的。」

JM一看見她，視線就不能再移開。

那是個華裔女孩，她的英語說得很流利，並沒有甚麼奇怪的口音。大眼睛和圓臉型給人很少女的感覺，儘管她看來只像個中學生，但亞洲人一般看上去也比較年輕，這樣估算的話，她大概有二十歲上下。烏黑順直的長髮束成高馬尾，左鬢別著的淡紫色花型小髮夾很吸引眼球，不過這些都不是讓JM一直緊盯著她的原因。

女孩身上隱約透著一種淡然的光芒，幻彩色的光和海洋生物的鱗片或貝殼之類很相似，就像肥皂泡在陽光底下折射的七色光彩那樣。JM知道這並不是普通人類所散發的氣場，但也不像是那種來自宇宙的外力，起碼在JM所擁有的真實視覺之下，她仍然是呈現出一般人的樣子。

「嗨，你沒事吧？」女孩見JM沒有起來，以為他摔得很重，還伸出手打算扶起他。

這女孩是誰？她為甚麼會在這兒出現？更重要的是她和艾歷克・沃克的死有甚麼關係？她是不是已經察覺了甚麼才會拉開自己？一大堆問題塞滿了JM的腦袋，使得他沒有對女孩伸出的援手反應過來。

女孩見JM還在發著呆的樣子，主動抓了他的手把他拉了起來。

「那你自己小心了，我還在趕時間，再見了。」女孩微微一笑。

她說完便轉身而去，嬌小的身影慢慢淹沒於人群之中。

既然是和外力有關的「那一類事件」，而且還出現了一個並非凡人的存在，JM知道世上不會有這樣的巧合，這當中肯定有甚麼關聯。也許這就是揪出兇手的最佳機會，JM決定立刻跟上她，絕不能讓這條線索斷掉。

好奇心就像火苗在JM心中燃起，轉瞬已燒遍了他的腦海，他的目光全集中在捕捉黑髮上的紫色小花髮夾，至於還在等待丈夫消息的茱莉亞，卻是一直沒有在JM的腦中出現過。

連一下也沒有。

＊＊＊

接待處的侍應生是個華裔女孩，她笑容可掬，正打算為進入餐廳的客人安排座位。

「歡迎光臨，請問——」

「兩位。」JM還在思考著她的身份，一不留神打斷了她：「我朋友稍後到。」

JM的視線落在她的髮夾上，還有制服上的名牌，金色牌子以黑色字體寫著莎芙倫。

「咦，你不是剛才溜冰場上——」

「對呢。」JM又沒等得到她說完：「真巧，是吧？」

JM從金絲雀碼頭開始跟蹤她，當中沒有任何難度，莎芙倫似乎沒有在戒備，當然也沒有發現JM跟在她身後。走了大約十分鐘左右，JM看見她進入了這家名叫Rice Bowl Pavilion的中國餐館，進門時莎芙倫還親切的和其他侍應生打招呼，JM便知道她是這兒的工作人員。不過還是在看見她換上侍應的制服，站在接待處的那一刻，才真正決定要進入餐廳。

「那麼……這邊請。」莎芙倫一連被JM打斷了兩次，笑容也變得靦腆起來。

莎芙倫領著這位有點奇怪的客人走進餐廳之中，不過即使來自後面，她仍能感受到那道熱烈的視線，越過大堂就像橫渡太平洋那樣漫長，終於來到餐廳最右邊窗戶旁的廂座。

「這是餐牌，如果決定了的話請再叫我們。」

莎芙倫雖然還是掛著笑容，但其實她只想盡快離開，這個男子從溜冰場遇見時已經一直注視著自己，雖然沒甚麼可能，但萬一是因為他察覺到甚麼異樣，那就麻煩了。

「慢著，」JM卻叫住了她：「我對中國菜不太熟悉，請問你有甚麼推介嗎？」

「不用先等你朋友嗎？」

「不用。」

「那讓我來為你介紹一下吧。」莎芙倫唯有硬著頭皮繼續回應：「客人你是想要吃飯類還是麵類？」

「沒有頭緒，你都介紹吧。」JM卻連餐牌都沒瞥一眼。

面對這個似笑非笑的客人，莎芙倫實在不知該如何應對，只得應他的要求為他推介菜式。她翻開餐牌的第一頁，由餐前小食開始逐一介紹，到湯類、肉類、蔬菜，然後是主食。來到小食的那一頁，餐牌都快要翻完了，眼前的客人也沒有對任何一款食物表現出興趣，因為JM的心思並不在菜餚之上，他對中國食品一點興趣也沒有，他只想爭取更多機會觀察他的目標，也就是莎芙倫。

「嗨，我來喇。」一個留著黑色鬈髮，穿著皮夾克的青年一把坐在JM對面：「很快對吧。」

沒等JM回話，那青年又逕自說：「在點菜嗎？吃甚麼好呢？」

「小食嗎？也不錯啊，有甚麼好吃的？」青年半站起來，把頭伸到莎芙倫身旁去看她手上的餐牌：「就這個吧，鮮蝦春卷，看起來不錯的，你看你看，餐牌上也有推薦的標誌啊。」

青年還搶過餐牌，硬塞到JM面前。

這就是小少爺的煩人程度了。不過那又能怪誰呢，可是自己請他來的，因為在想到要找個掩護來和自己吃一頓中國菜的時候，手機通訊錄中就只有路爾斯這個名字是JM覺得可以按下去的。

「你也吃鮮蝦春卷好了。」再一次，路爾斯沒有等JM的反應便說：「給我來兩份吧。」

「鮮蝦春卷兩份，謝謝。」莎芙倫也鬆了一口氣，便立即下單去了。

JM的目光仍然停留在莎芙倫遠去的背影之上，也沒和剛到的路爾斯打招呼。被突然叫出來的路爾斯完全不知道他這個古怪的朋友在打甚麼主意。

「喂，你怎麼了？」路爾斯正要拍打JM的頭。

「你這人怎麼這樣沒禮貌。」JM連忙閃開：「別碰我的頭髮啊。」

「沒禮貌的是你才對吧。」路爾斯歪笑著：「就算人家很可愛，也不能這樣一直盯著人家吧。」

「我才沒有，你不覺得她有點與眾不同嗎？」

「不就是……華人啊。」

「算了，你不知道的。」

「這麼說來，也好像有那麼一點……」

「是嗎？」

「有點眼熟，我可能有在哪兒看過她……」

「真的？」路爾斯的話讓JM提起了興趣：「你在哪兒看過她了？」

「讓我想想……」路爾斯搔了搔他那頭鬈髮，左邊髮鬢綁著的小辮子隨之而晃動：「對了，是大學，她是游泳隊的，好像不久前贏了甚麼比賽，學校網站首頁還有她的照片。」

JM二話不說，便立即用手機瀏覽了路爾斯學校的網站。

「果然是她。」JM喃喃地說。

想不到這次叫小少爺出來竟然有意外收穫，JM暗自盤算著。

「對了，你怎麼突然找我的？」路爾斯隨意地說：「平常都是我找你，然後你還多半不賞面。」

「我在工作。」JM仍然低著頭滑著手機：「為免一個人吃飯引人注意，才找你來當個掩護。」

這話雖然不假，但這只是表面的原因，真正的理由現在還是先不要讓小少爺知道。

「是甚麼工作？跟她有關嗎？告訴我吧告訴我吧。」

路爾斯一向對JM的工作內容很有興趣，因為他就是一副天生愛刺激愛冒險的性格。JM雖然特別不喜歡別人插手他的工作，但路爾斯總是一個例外，JM對他稱呼的「小少爺」總是莫名遷就。

「你不是說你認識她啊？她平常的為人怎樣？有沒有甚麼怪異的行徑？」

「不是啦，我只是在大學網站上看過她的照片而已。」路爾斯搔了搔頭，又說：「所以她就是你的目標人物？有甚麼人要查清她的底細嗎？難道跟我一樣是家人委託嗎？」

這是他們兩人相遇的契機，富豪父親不知道反叛的兒子路爾斯在外面幹甚麼，於是找了私家偵探JM來監視他。這個委託仍在生效中，儘管路爾斯本人也已經知道這個所謂秘密。

「別說得這麼大聲好嗎？」JM這才抬頭瞪了路爾斯一眼。

「對對對，那我小聲一點。」路爾斯故意壓低了聲線：「她的家人要調查她嗎？還是甚麼事了？」

小少爺就是這樣，也不知該說他是太好管閒事，還是有尋根究底的精神了。本來這對私家偵探的工作來說是一項優點，而且小少爺也已經說過很多次要當助手，不過JM總是沒辦法說服自己答應他。像現在這樣，兩人稱得上是朋友，對JM來說已經有點不可思議，他無法想象自己會牽涉到比現在這樣還要密切的人際關係之上。

「別瞎猜啦。」

「難不成是感情事？男朋友？」

「說起男朋友就對了，」JM故意轉換了話題：「你的警司男朋友最近怎樣了，新上任工作還好嗎？」

「亞佛烈德嗎？」路爾斯立刻撇起了嘴：「他才剛升職不久，工作很忙，都沒時間陪我。還以為現在他不需要負責前線工作，我們應該有更多時間去玩才對嘛。」

「你就老愛玩，都不明白你為甚麼會喜歡那個一本正經的警官先生。」JM說：「不對，是人家精英分子為甚麼看得上你才對。」

「這就是愛情啊，你不懂的了。」路爾斯驕傲地笑著：「你也去找個喜歡的人就懂了。」

「我不喜歡人類的。」JM木無表情地陳述著他所認知的事實。

「你只喜歡工作嘛，我知道。所以這次你的工作內容是甚麼？」

路爾斯再次把話題拉到工作之上，而JM也覺得時間應該差不多了。JM瞄了餐廳左側的員工通道，剛好看見莎芙倫捧著盤子走出來，盤子上有兩份一樣的食物，正是卷狀的。

「真的這麼想知道的話，告訴你也可以啊。」JM刻意說得十分平淡：「是謀殺案。我發現屍體了。」

「甚麼？」

「對啊，就在一個你想也想不到的地方。」

「甚麼地方了？」

「我給你一點提示，你猜猜看好了。」JM笑著說：「那地方離這兒不遠，很多年輕人喜歡去那兒消遣，還有就是有個溜冰場……」

「我知道了，是金絲雀碼頭。」路爾斯興奮得大叫起來：「但慢著，金絲雀碼頭有屍體嗎？」

「你們點的鮮蝦——」

莎芙倫端著菜餚正要放到桌上，卻被路爾斯突然的大叫嚇了一跳，手一抖，盤子就掉在地上碎得一地。

「對不起對不起。」莎芙倫慌忙地道歉：「真是十分抱歉。」

「沒事，是他不對啦。」JM說，然後便轉向路爾斯：「我剛才也叫你說話別太大聲嘛。」

「不好意思不好意思，」路爾斯也慌亂了：「我來替你撿。唉唷，真該死……」

路爾斯本來是想要幫忙的，但當他彎下身去撿那碎片時，卻反而割傷了自己的手。

「不用不用，我們會收拾的……」

結果餐廳中引發了一場小騷動，侍應生們不是忙著拿清掃工具，就是在安撫路爾斯還有替他包紮，就連旁邊的食客，甚至廚房中的數名員工也走了出來看個究竟，其中包括了多恩。

「怎麼了？」多恩神情著急，他直接走到莎芙倫身邊，便立即蹲下身拉著她的雙手查看。

路爾斯當然看得出這位身穿廚師服的男子是如何情急，他連半眼也沒看在旁受了傷的客人，對莎芙倫親切的態度更不可能單是同為華人這麼簡單，不是哥哥的話就肯定是男朋友了。

「沒事，爸爸。我沒受傷啊。」莎芙倫輕聲回應。

爸爸？沒聽錯吧？亞洲人看起來都是這麼年輕的嗎？路爾斯不解，只得疑惑地看著JM。

不過JM並沒聽見莎芙倫那聲細語，目前這個場面已令他感到很滿意，因為他找路爾斯來這兒的真正目的已經完成，效果可能比他所預期的，還來得更好。

＊＊＊

傍晚在餐廳中發生的小騷動，達貢都看在眼裡。打碎一兩個盤子當然是小事，問題在於那兩個男子的說話。

「金絲雀碼頭有屍體嗎？」那個黑鬈髮青年的確是這樣喊著的。

所以說已經敗露了嗎？他們是怎樣發現的？照理來說應該沒可能發現才對，而且過了這麼多天，一直也沒有人發現。

不過在這個情況之下可以用常理來判斷嗎？達貢不禁看了手中那顆淡黃色的卵形石塊，這已是超乎一般邏輯的最佳證明。

所以假如真的有人發現了，那也是有可能的事。既然這樣，便得趕緊去處理一下，只要在更多人發現之前，讓那個地方再沒有屍體就可以了。至於那兩個男的，就先看看有沒有威脅吧，雖然可以的話也盡量不想牽連到無關的人，不過如果他們真的知道了那個秘密，就得作別論，即使要下手，也是做得出來——

畢竟都已經做過了，殺人這種事。達貢這樣跟自己說。

達貢慢慢合上雙眼，手上的卵形石亦開始慢慢滲出淡黃色的光芒，卻是連半點溫暖的感覺也沒有，漆黑中的黃光所散發出來的，就只有詭異的冰冷。

3 達貢

午夜過後的金絲雀碼頭寂靜一片，無論是商店還是餐廳都已經打烊，大受歡迎的溜冰場早已過了營業時間。這兒再沒有讓人留下的理由，除非是另有目標的人們，例如JM和路爾斯。二人藏身於商店旁的裝飾柱子後面，這個位置可以對整個溜冰場一覽無遺。

「好悶啊，還要等多久了？」路爾斯抱怨著。

「我怎麼知道。不然你先回家好了。」JM點了根煙。

很多人以為偵探的工作就是四出調查兇案現場，或是和目標人物來一場刺激追逐再埋身肉搏，但其實不然，私家偵探的工作大部份時間也是等待，或者觀察，然後再等待，也就是JM現在的情況，等待目標自行出現。

「真的會來嗎？」路爾斯搓著手，一月的夜晚還真的是很冷。

「一定會。」JM呼出了煙：「你剛才在餐廳演得這麼好，兇手一定會來的。」

「好吧，你是利用我在她面前說出屍體被發現了對吧。那麼說兇手是她嗎？那個叫莎芙倫的女孩。」

「也許吧，她剛才的確是嚇一大跳的樣子。」

「不是她吧，看她的樣子只是個有點可愛的女孩子而已。不過你看得見的，對嗎？」

關於宇宙外力，還有JM的特殊視覺，路爾斯都通通知道，畢竟他們之前也一同經歷過不少類似的事件，也不知踏在生死邊沿多少遍了。路爾斯估計JM應該已對目標身份有一定把握，不過就是愛賣關子而已。

「天知道啊。」JM淡然地說，又吸了一大口煙才繼續：「不然你以為這麼冷，我們待在這兒是幹甚麼？」

JM也是因此才會讓路爾斯加入幫忙調查，雖然會有一定的危險，但他對路爾斯還是有信心的。想到這兒，他摸了摸自己西裝外套的左邊，那是他放手槍的位置。槍膛中是特別的子彈，那是從火之精靈的主人那兒得到的，JM之前也是靠著這種子彈解決了幾個危機，有了它，起碼可以嘗試跟這些不知名的生物對抗，如果順利的話，還可以順道把這個外力消滅，始終能對付外力的，就只有像他們這種已經知情的人。

「嗨，JM，快看快看。」路爾斯連續拍著正在思考的JM。

女孩於深夜時份獨自來到無人的溜冰場，不是別人，正是路爾斯和JM一直談論著的莎芙倫。

JM沒說話，只是擠熄了他還沒抽完的煙。

「怎麼樣？要行動了嗎？」路爾斯見狀便馬上興奮起來。

「噓！」JM瞪著眼怒斥路爾斯。

可惜已經太遲，莎芙倫已朝他們藏身這個方向看過來。

莎芙倫發現那鬼鬼祟祟的二人，黑髮那個像是已決定投降般從柱子後面踏出了一步，還傻笑著，而另一個金髮的則當作自己沒被發現那樣，繼續躲在柱子後面。兩人奇怪的舉動讓莎芙倫遲疑了一下，不過最後還是決定走向他們。

「嗨，你們在幹甚麼了？」莎芙倫也擠出了一絲相信能表示友善的笑容。

「我們嗎？哈哈哈……」路爾斯又不自覺地搔著頭，並用手肘碰了身旁的JM：「喂JM，我們是在幹甚麼的？」

「是關於你們剛才說的——」莎芙倫搶下了話題：「屍體嗎？」

「那麼你呢，你在這兒幹甚麼了？」JM這才開了口：「難道說，你對屍體有興趣嗎？」

「好吧，我直說好了。」莎芙倫頓了一下：「是的，我想知道你們所說的話是不是真的，能帶我看看那個屍體嗎？」

JM因莎芙倫的發言而驚訝，她這樣能算是來自真兇的挑釁嗎？

「慢……慢著……」路爾斯卻表現得比JM還要驚訝得多：「溜冰場那邊怎麼了？」

順著路爾斯所指的方向，JM清楚看見溜冰場中央起了白色的煙霧，起初是一縷一縷，然後漸漸地變得愈來愈濃，還向中央迴旋匯聚，形成了龍捲風般的形狀。霧團一直向外向高伸延，那直徑和高度看來也超過兩米了。

JM趕緊把二人拉到柱子後面的陰影中：「別慌張，看好情況才決定如何對應。」

高速捲動的白色霧氣颯颯作響，在那龍捲風似的霧團中最先出現的是一隻手。即使從遠處，也能見到這隻手的皮膚不但呈靛藍色，而且還長著一片片帶著幻彩色的閃光，就像是魚鱗的東西。那隻手很粗壯，比成年男子的手還要大差不多有一倍，指甲顏色深得接近純黑，而且又尖又長。

在那隻手之後是前臂，然後是整條胳膊，接著身體和四肢也慢慢浮現。那東西像人一樣以雙腿站立，但不論是前臂，小腿還是肩膀都長有像是魚鰭的物體，頭部更是和一條大魚一樣，兩隻又圓又大的眼睛分得異常遠，臉部中央向前突出但沒有鼻樑，兩片唇很薄，看似只是口緣皮膚的皺褶，但口裂卻是非常大，嘴角延伸到臉的兩側，張開來還看得見不止一排尖銳而鋒利的牙齒。

就在魚形怪物身後不遠處，則有一個泛著黃色淡光的卵形物體在飄浮著。

「天啊，那是甚麼東西？魚怪嗎？」路爾斯禁不住低呼：「你在等的原來是這怪物嗎？」

那頭像魚的怪物身高少說也有兩米，手臂說不定比JM的大腿還要粗，牠咆哮著，顯得孔武有力。待得煙霧散去，牠也開展了沉重的步伐，那隻帶著鱗片的大腳踏在冰面之上，每一步也造成數道裂痕，但那怪物並沒有在意腳下的不穩，只是向著牠的目的地前進。

JM知道牠要去的地方當然就是艾歷克陳屍之處，也就是剛才莎芙倫要求他們指示的地方。他特意留意著莎芙倫的神情，她的震驚總感覺有甚麼違和。

果然那怪物就在JM預想的地方停下，接著便用手擊於地面之上。本來JM以為牠要打碎冰面，結果卻是冰面在迎來那個迅速落下的手掌時，已融化成水，於是那怪物的手便順利地伸到冰面之下。一轉眼，牠便把冰下之物猛然抽上來，那是一具蒼白而僵硬的屍體，只是死亡時所流露的恐懼，為求生而拼命掙扎不果的模樣，都在冰底之下完好保存，現在艾歷克的屍體就和死去的那個時刻完全一樣。

莎芙倫的視線一瞬間和艾歷克渾濁的雙眼對上，她立即用手掩住自己的嘴巴。

怪物從水中抽出了屍體之後，融化了的冰面又以難以置信的速度瞬間回復原狀。接著那魚形怪物也開始拖著屍體離開。然而在牠正要邁步之際，卻有甚麼令牠猶豫了，那隻詭異的圓眼睛轉了一下，停留在三人藏身的方向。

「應該是發現我們了。」JM冷靜地作出了判斷：「快，我們分頭跑，小心別踏在冰面之上。」

「不，你有槍吧？」路爾斯看了看身邊驚呆著的莎芙倫：「我來引開牠的注意力，你趁機一槍斃了牠。」

「這樣不行——」

「放心吧，」路爾斯還向JM比了個勝利手勢：「逃跑我最在行的了。」

才剛說完，路爾斯已從柱子後面閃身而出，JM想拉住他也已抓了個空。

「嗨，你這魚頭怪獸，我在這邊啊。」路爾斯邊跑邊大喊，他跑到了溜冰場的另一側，和二人藏身處不同的方向。

「天啊，這可真糟糕，我甚麼都還沒知道，怎能就這樣殺了牠？」JM嘀咕著，卻還是掏出手槍，瞄準了怪物的魚頭。

怪物果然被路爾斯吸引，就在牠轉向路爾斯的同時，也就變得背向JM。

「小少爺真麻煩，再見囉倒楣的魚頭。」JM扣下扳機。

「慢著！」幾乎同時間莎芙倫卻拉了他的手，子彈就這樣落空了。

「糟了，你在這兒躲好。」

這下怪物肯定會發現他們的藏身處，JM唯有甩開莎芙倫，一個箭步就離開了柱子的遮蔽，來到了溜冰場旁。

他馬上把握機會發射第二發子彈。這種特製的子彈蘊含著火的力量，不要說一般生物，即使是外力物種，中彈後也會化為灰燼。JM本來並不想用上這一招，一來子彈數量十分有限，而且現階段他還沒有掌握到事件的真相，化為灰燼的話很多線索也會隨之湮滅，不過也沒有辦法。

但JM的擔憂是多餘了，怪物已經注意到他的存在，稍一閃身，子彈就沒能命中要害。而且那東西中彈後也沒有化灰，牠只是晃了晃頭，看來除了有點痛之外就沒有其他大礙。然後牠把手上那僵硬的屍體丟在冰面上，才緩緩的轉過身來，面向JM所在之處。

「可惡，這樣如何。」JM這次瞄準的是怪物身旁飄浮著的淡黃色發光體，然而子彈卻直接穿過了，沒有擊中任何實體。

怪物終於動了起來，那速度和牠龐大的身軀完全不符，牠一晃眼已來到JM面前，同時抓住了JM的脖子並把他拖到溜冰場內。JM當然知道不妙，但事情來得太快他根本還來不及反抗，身體便已被提起到半空中再狠狠擲下。預計到自己將要撞上冰面，JM只能下意識用手護著頭部，不過預期的衝擊並沒有到來，他已直接掉進深寒的冰水之中。

由於身體突然遭到極大的氣溫改變，皮下微絲血管急速收縮，JM的呼吸和心跳速度都不由自主地劇烈上升，而且他人在水中，更是無可避免地吸入了冰水，喉嚨進一步收緊，呼吸更是難上加難。刺骨的嚴寒，窒息所引致的缺氧，還有心臟高速且猛力的跳動，JM感到的，就和站到高處時一樣，正是對死亡的恐懼。

熱量急速流失，JM意識遠去的速度和他的體溫下降一樣快，眼前一片漆黑，唯一的感覺就只有時間漸漸變慢，身體任何一塊肌肉都無法再動彈，連浸泡著自己的冰冷也停止流動，就像冰封一樣。

隱約中，有些話語傳到了JM的腦海。

「別再……插手，不然……就不會再……放過你……」

聲音低沉奇怪，並不像是人類能發出的聲音，而且比起說話，這更像是一陣因強烈痛苦而發出的嘶叫。

忽然JM的手被一道暖流握住，僵住的身體被慢慢向上提，終於回到冰面之上。

「嗨，醒醒，別死啊。」路爾斯叫喊著，還猛力地拍打著躺於地上的JM的臉。

「別……會痛……」JM已是氣若游絲。

「你醒喇？那就好了，那就好了。」

JM很勉強才能維持清醒，他的嘴唇早已凍得僵硬，很難才吐出了幾個字。

「……怪物呢？」

「走了耶，帶著那屍體。」

莎芙倫亦從柱子後跑出來，這時她剛好來到二人身旁，便立即蹲下身查看倒在地上的JM。

「你沒死吧？你還好吧？」她顯得有點激動：「不行，呼吸和脈搏都太慢了。」

「快來幫忙。」莎芙倫一邊解著JM衣服上的扣子，一邊向路爾斯喊著：「他的手腳都硬掉了，我脫不了他的衣服。」

「好吧，看我的。」

「很好，濕的通通都脫掉吧。對了，你也脫一脫。」

「甚麼？我也要？」

「當然啦，還要抱著他。」

莎芙倫說得認真，還把路爾斯往JM身上推。

「這……這樣嗎？」

「不錯，就這樣，還可以再靠近一點。」莎芙倫說著拿出了手機：「你別動，我來報警。」

「這個嘛……我想不用了。」路爾斯緊抱著裸著上半身的JM，一動也不敢動。

深藍色的休旅車風馳而至，急剎之下所發出那一陣尖銳的磨擦聲響徹了溜冰場四周。車門彈開的同時，駕駛者已跳下了車廂，向著三人飛奔過來。

「我已經通知了警察喇，就是他。」路爾斯說著，又朝駕駛者的方向喊叫：「亞佛烈德，這邊啊。」

被強抱著，動也動不了的JM寧願自己一早便昏過去，那他的記憶中就不用留下這樣的一個場面。

＊＊＊

JM的客廳並沒有暖氣，只有舊式壁爐，爐內的木材正在熊熊燃燒著。JM坐在爐旁的單人沙發上，也就是他專屬的座位中，手中拿著火之精靈所沖泡的熱咖啡。儘管身體已經很暖和，呼吸心跳都回復到正常水平，但他仍然覺得頭痛，因為此刻他的家中塞滿了不該在這兒出現的人，先不說坐在客用沙發上的小少爺和他的警司男朋友，更連那個華人女孩也一併來了。

「那怪物突然像是發狂似的跑向JM，然後一下子把他拖到溜冰場，不知怎的就把他丟進冰水裡了……」路爾斯激動地說。

路爾斯誇張的表情和肢體語言，跟坐在他旁邊的亞佛烈德所表現出的冷靜沉著形成強烈對比。今晚亞佛烈德的衣著和平常截然不同，一身便服配運動鞋，還架了個粗黑框眼鏡，在此之前JM連他有矯視需要也不知道。這也是當然，JM對亞佛烈德認識並不深，對於這種太過認真又固執的人，JM一向也是避之則吉，不過也許正因如此，亞佛烈德才能在三十歲這樣輕的年紀，已晉升至警司一職。

亞佛烈德邊聽著路爾斯的演說邊喝著茶，同樣有所經歷的他並沒有太過驚訝。

「那怪物只是瞪著我，拖著屍體從我身邊經過。我當時也沒有任何辦法阻撓牠啊，而且JM還在水裡不知是生是死，我就只好眼睜睜讓牠離開。」路爾斯繼續說著他當時面對的情況。

「那牠往哪個方向逃了？」亞佛烈德問。

「泰晤士河那邊，牠拖著屍體往河那邊去。」

「那麼剩下來的，應該就要問JM本人了。」亞佛烈德說著，又喝了一口茶。

「死者叫艾歷克・沃克，是我的高中同學。」JM直接插了話：「他的太太茱莉亞・沃克還在因丈夫失蹤而煩惱，這樣說夠了嗎？」

聽到高中同學一詞，路爾斯怔了一下，認識了JM這麼久，也從沒聽他提起過有甚麼其他朋友或是他自己的事，他差點就以為JM自出生以來就是獨自一人過活的。

「那麼那隻怪物——」

「不清楚。」JM沒等亞佛烈德說完：「或者我們可以問問她。」

「我嗎？」一直呆著的莎芙倫這才發現眾人的視線都落在自己身上：「我不知道那是甚麼啊。」

「對了，你剛才不是說想看屍體，為甚麼會想看的？」路爾斯說。

「請讓我解釋一下。」莎芙倫明顯察覺到在場的三人眼神都帶著懷疑：「有一個人，她叫露茜，是一個社工。」

「我留意到這幾天她完全沒有出現，簡直就是失蹤那樣。但我和她其實並不熟絡，也就只是見過幾次面，連朋友也說不上，也沒理由刻意去找她或是甚麼，不過我聽見你們說金絲雀碼頭……」

那三人仍是注視著自己，誰也沒有搭話，莎芙倫也只好繼續說。

「金絲雀碼頭這地方，我有在無意中聽露茜提起過。就是我最後一次看見她的時候，當時她在神神秘秘的打電話，樣子實在奇怪。」

「所以你覺得我們說的屍體就是她嗎？」路爾斯問。

莎芙倫點了點頭：「但結果我猜錯了。」

「你知道露茜的姓氏嗎？可以的話也請形容一下她的外貌。」

發問的是最後才來的男人，莎芙倫知道她叫亞佛烈德，據路爾斯說他是個警察。

「她的全名是露茜．利索特，我猜她大約三十來歲吧。身高大約是五呎二或三吋左右，身型偏瘦削，眼睛很大，留棕色的大波浪鬈髮。」

莎芙倫盡量地描述得準確細緻，因為她從亞佛烈德一直看著自己的眼神中知道他有在留心傾聽，不像坐在他旁邊那個嬉皮笑臉的傢伙一整個不正經的樣子，也不像那還沒回復過來的低溫症患者，他從剛才就一直在喃喃自語。

「那你是何時聽到她奇奇怪怪地打電話的？該不是一月十六日左右吧？」

JM突然問，莎芙倫還以為他沒在留意自己的話。

「的確是那天呢。你怎麼知道的？」

「果然。嗨，你們都記好了沒有？」

JM是跟他身邊的火精靈說的，但在其他人眼中他並沒有談話對象，就像是自言自語一樣。

「我還有一個問題，」亞佛烈德認真的語氣讓人感到他的誠懇：「你說你認識她，但也不是朋友，所以你們其實是怎樣的關係？」

人物。

莎芙倫並沒有即時回答，因為假如要說明的話，就必須提到一位她不想對外人提起的

「這樣說吧，我家中有人是她的服務對象。」

最後她選擇了婉轉的說法，而亞佛烈德也沒有再追問甚麼。

倒是JM卻把心中的疑問都毫不掩飾地寫在面上。這個女孩可信嗎？她看來真的是為了她口中的露茜·利索特而來，日期也對得上，可以把利索特和沃克這兩人的失蹤推斷為有關聯的事件。還有就是莎芙倫的話中也明顯有所隱瞞，而且她還阻礙了JM射擊那魚人怪物。

「好吧各位，請聽我說。」JM決定拋磚引玉：「已經知道剛才那魚怪是甚麼了，那東西叫達貢，半人半魚的外來物種，古時還有人把牠視作海神來崇拜。」

「又是爐火告訴你的嗎？」路爾斯一副早已知道的樣子。

「當然，關於超乎常理的力量，問他們就最直接了。」JM回答。

讓莎芙倫最感到吃驚的是，竟然連正經的亞佛烈德也點著頭，看來他對這個荒誕說法也毫不意外。

「達貢？外來物種？」在場四人中就只有莎芙倫不明所以。

「對，所以接下來我會調查艾歷克・沃克是在甚麼情況之下招惹到這些東西的。」JM故意這樣說：「不過警方在沃克的案件上，應該還有些甚麼沒有公開，亞佛烈德，可以請你幫忙嗎？」

「慢著。」莎芙倫終於決定打斷他們的談話：「半人半魚的外來物種，我想知道更多。可以讓我一起調查嗎？」

雖然和JM預期的不盡相同，但從結果來看是一致的，一起調查也就能獲得從莎芙倫身上套取資訊的機會。

「你也對神秘的東西有興趣，」JM謎樣的笑著：「我猜得對吧？」

「是，是的。」莎芙倫連忙點著頭。

只有路爾斯露出了不屑的眼神：「你真的要嗎？JM這傢伙很難相處的，又小心眼，甚麼也懷疑一大遍，說話永遠只說一半，常常不知道他想說甚麼。」

就在路爾斯毫不留情地損著JM時，亞佛烈德走到莎芙倫身邊，把一張名片遞了給她。

「不用擔心，露茜・利索特的事交給我吧，這是我的聯絡方法。」

莎芙倫小心翼翼地接下了名片，仔細地看了上面印刷著的名字。

「謝謝你，安傑爾警司。那麼我是可以和你們一起調查嗎？」

亞佛烈德回過頭去看著JM，他只是悠然自得地喝著他的黑咖啡。

＊＊＊

達貢親眼看著那僵硬的屍體慢慢下沉，淹沒在黑暗的水底之中。

「你已帶給我很多麻煩，你就這樣永遠消失吧，不要再出現了。」達貢低聲説著。

那個女人似乎還沒有被發現，那麼這件事應該就這樣告一段落了吧？接下來只要等那位人物兑現他的承諾，那麼達貢多年來的願望就可以實現了。

為了實現這個願望，達貢實在付出了很多。如今達貢的全身上下均被纏滿了一些黑色像是水母那樣的不知名生物，這也是代價之一。牠們正一口一口地噬咬著達貢的身體，那種錐心蝕骨的痛楚令人難以承受，更甚的是旁邊那一直嗡嗡作響，像是笛鳴的噪音。

達貢知道自己將會被這些黑色生物所殺，不過死亡只是過程，是實現願望的必要代價，在那之後，達貢又會活過來，並看見全新的世界。

達貢是這樣確信著的。

4 疑犯

照東自問是個老實人，他和夜生活完全沾不上邊，所以當他來到位於灣仔的這家酒吧門前，還是猶豫了好久才戰戰兢兢地推開了門。門後果然就是他想象中那個陌生的世界，各式各樣的男男女女擠滿其中，無論是煙草味還是烈酒味也一樣刺鼻，鼎沸的聲音則根本讓人分不清是音樂聲或是人們的吵鬧聲。照東勉強著擠進裡面，他只想快點找到他要找的人，完成要談的事。

他把手提電話放在耳邊，待接的鈴聲都要被嘈雜的環境聲掩蓋過去，而他只是專心搜尋著場中有哪個人會接聽電話。

終於照東找到了他的目標，那個惡形惡相的中年男人，他的髮型是平頭軍裝，身上穿著黑色皮夾克，就和他想象中的黑道人物相去不遠，照東只得壯起膽子走近那人。

「樊先生？」照東試探性地問。

「你是許照東？」對方卻以反問回答。

「是的。」照東唯有硬著頭皮坐在那人對面：「我在電話中已經把情況都大概説過的了。」

「嗯，我知道。」

「那麼可以把大約價錢告訴我嗎？」照東直接提問，他不想多花一分鐘留在這兒。

「這個得看你的答案了。」對方卻拿出了一片紙張，放在桌上：「你知道這是甚麼嗎？」

燈光閃爍不定，而且噪音沸騰令照東難以集中，他得把桌上的紙張拿起，放到眼前才看得清楚，那原來是一份剪報，日期是一九九三年十月，距今已是七年有多。該段報導來自一份英文報章，雖然照東的英文不是太好，但單是標題已讓他明白了報導的內容。

二千人被經典人魚故事所迷倒。粗字體清楚寫著。

照東看著剪報，他抿著唇，環視了一下周圍的環境，又咽了一口口水。

「嗯，我知道。」

突然搖曳的燈光停下來，吵鬧的酒吧也瞬間變得一片肅靜，原本各自各玩樂著的人們像一同收到不知從何而來的指示似的，一個個安靜地離去，包括原本坐在照東對面的那個人，就留下照東一個人完全不知發生何事。

「嗨，這邊啊。」

直到人群盡數散去，照東才發現鄰桌還有個少年，他看上去才十來歲，看來還不到法定能進入酒吧的年紀，不過他那頭經漂染的紅色頭髮倒是很搶眼。他以左手托著頭，右手則向照東揮著。照東仍然不明所以，只得向他走近。

那少年笑著，但他的笑意總讓照東心裡覺得有點違和。

「你好啊，先自我介紹吧。我姓樊。」

「你才是樊先生？」

「對啊，」樊先生笑得更開：「吃了一驚吧？哈哈。」

「這個……怎麼……」

「好吧，我們直話直說好了，你剛才說你知道九三年這個人魚傳說。」

照東不知該怎麼回應，即使現在否認也已經沒用吧。

「這樣的話，我是可以幫你的。」樊先生的嘴角稍稍上揚：「你和你的妻子，還有未出生的孩子，一共三人，不需要申請和等候，盡快移居到其他國家對吧？」

「是的，但我想先知道大約需要多少錢。」

「不用錢，一元也不用。完全免費。」

「這怎麼可能，那是需要其他代價嗎？」

「不需要，甚麼都不需要。」樊先生揮了揮手：「我只是希望你們一家人能好好生活啊。」

「我又不認識你，這世上怎會有這樣好康的事？」

多年以來艱苦的生活，讓照東知道不可以隨便相信人。

「但你沒有選擇的餘地了，」樊先生輕鬆地說：「相信我，或者繼續在這兒過著苛且偷生的日子。」

的確，這個樊先生正是照東現在唯一的出路。

「放心吧，你們甚麼也不用做的，一切我都會幫你們打點好。」樊先生站起來，走到照東的旁邊拍了拍他的肩膊：「有想去的地方嗎？英國如何？香港是英國的殖民地，生活模式也算是相似，會比較易適應啦。」

照東看著喋喋不休的樊先生，這個人似乎真的為他們周詳地打算過。

「工作的話也不用擔心，倫敦有不少中餐館，我可以幫你介紹的。居住的地方就找比較安靜的地區，許太太需要靜靜地養好身體，等孩子出生。怎麼樣？只要你們願意的話，應該不消一個月就可以出發，過全新的生活了。」

樊先生的提議大出照東所料，正是因為太過完美，照東根本不知道能不能答應，但另一方面，樊先生口中所描述的，卻又正正是照東夢寐以求的景象，他實在也拒絕不了。

可以相信就像突然中了個大獎這樣的好事嗎？照東緊張得連手心也冒著汗。

「你是還有甚麼顧慮嗎?」樊先生見照東呆著,便問:「不妨說出來啊。既然已經決定要幫你們,我是一定會幫到底的。」

有一個名字浮在照東的唇邊,但他就是不知道該不該說出來,畢竟一切其實也只是他自己的揣測,並沒有甚麼實質根據。

「我來猜猜吧,你們那麼急需離開,是因為要逃避甚麼人,對吧?」

「杜強。」照東終於說出了那個卡在喉嚨的名字。

「是啊?」樊先生的眼瞇成一線,對於照東說話中的謬誤,樊先生並沒打算糾正他:「那麼他的兒子杜陽平呢?」

「阿平他……」照東頓了一下:「阿平是我的朋友,但我們之間可能是有些誤會……」

「那沒問題,我可以保證杜強不會知道你們的去向,至於杜陽平,為免麻煩也先不讓他知道,這樣可以嗎?」

照東默默地點了點頭。

「那就好了,都放心交給我吧。」樊先生興奮得在照東背上拍了一下。

「謝謝,謝謝你。」

「別客氣。到了那邊,萬一遇上甚麼困難也可以跟我說,我答應過一定會幫你們到底的。」

說這句話時，樊先生還刻意以兩手握住照東的右手。

照東離開時還是忐忑著，他還不知道日後有怎樣的未來在等著他。

＊＊＊

莎芙倫手上的吹風機發出隆隆的聲響，就像她心內混亂的思緒一樣令人煩悶。畢竟昨晚遇上太多怪事，一時之間她還未能處理過來。

例如叫JM和路爾斯的那兩個人，他們到底在調查甚麼？還有他們提到的達貢又是甚麼？還有那個叫亞佛烈德的警察，露茜雖然是有點奇怪，但讓警察介入這件事真的好嗎？

「嗚……」

發出悲鳴的是曾如，正在幫她吹乾頭髮的莎芙倫因為實在想得太入神，手上停下動作，吹風機一直停在同一位置，熱風的溫度太高令她感到痛楚。

「唉唷，抱歉抱歉。」莎芙倫立刻把吹風機關掉，細心地查看曾如的頭髮：「頭髮還好沒有被吹焦。還有哪兒痛嗎？」

曾如沒有答話，反而轉過身來把她那一臉焦慮的女兒抱入懷中。

「我沒事啊。」莎芙倫也回抱著母親，還輕輕掃著她的背部：「我剛才不過是在想事情而已，不用擔心啊。」

曾如擠出了一個微笑，但莎芙倫立即就分辨出那並不是平時母親感到快樂的那種笑容。

「你還在擔心啊，那這樣如何？看招。」

莎芙倫把手伸到曾如的腰間，被搔得癢癢的曾如咯咯笑著，她也撓著女兒的胳肢窩，兩母女玩得像孩子般扭在一起，快樂的笑聲此起彼落。

然而大門開啟聲打斷了母女二人的歡樂時光。

「咦？這時間？」莎芙倫看了看手錶：「難道是爸爸嗎？」

這個家本來就只有她們一家三口居住，現在正是多恩上班中的時間，如果是他突然回家的話肯定是有甚麼原因，於是她趕緊離開曾如的房間，前往客廳去看個究竟。

「莎芙倫，我回來了。」

但回來的並不是她的爸爸多恩，莎芙倫回想起數日前的情景。

當日下午，多恩突然回到家中，當時他身邊還有另一個提著行李袋的中年男子。那人也是華人，二人交談時用的也是粵語。

「雪芙，你在家啊，那就正好了。」多恩領著他的客人進了家門：「這一位是杜陽平，是爸爸的老朋友，他大老遠從香港來看我們呢。」

「阿平，這是我的女兒，她叫雪芙，你還沒見過她啦。」

「長這麼大了，你女兒生得真漂亮呢。」陽平對莎芙倫笑著，面上的皺褶非常明顯。

爸爸的這位朋友比他年長很多呢。這是莎芙倫的第一個想法，但隨後她才想起是多恩的外表看上去太年輕而已。

「平叔叔會暫時在我們家住下來的，可以幫忙先收拾一下小房間嗎？」

「可是……」

「放心吧，」多恩馬上意會到女兒的擔憂是甚麼：「平叔叔知道的，他也認識你媽。」

雖然對這位突然來訪，還要在家中住下來的客人，莎芙倫還是感到有所疑慮，但看見父親一臉高興的樣子，她也不好立即再追問，只得先聽從爸爸的話去收拾一直空置的小房間。

「對了阿平，」多恩邀了陽平在沙發上坐下：「這麼多年沒見，我還以為我們是失去聯絡了，你是怎麼找到我的？」

「你也不知道，我花了好大的功夫啦。」陽平眉飛色舞地說：「打探了好久，才找到當年幫你們移民的那個人，就是那個樊先生。」

「是他告訴你我的工作地點嗎？」

「對啊，我第一時間便買機票過來找你了，想起來我是應該先跟你聯繫一下的，現在這樣太突然了吧，嚇到你呢。」

「沒有這回事，我很高興才對。」說到這兒，多恩的笑容漸漸退下：「我以為你還在介意那件事。」

「都這麼多年了，我都忘了啦。」陽平稍為低了頭：「現在我只想找你聚聚舊，畢竟我們兄弟倆是一起長大的嘛。」

「那就好了，我也是這麼想。」多恩拍了拍陽平的背：「這麼多年，我也一直想和你聯絡，但就是怕你介意。」

「不會啦，現在想來，其實當時也是一場誤會。」陽平也回了一個熱烈的笑容：「你這樣做，其實也沒有錯。」

「對了，你在香港生活如何？今次有沒有打算在倫敦這邊留多久？」

「香港那邊沒有要事了，我就一個人，看你收留我多久就住多久好了。」陽平打趣地說。

「直接住下來也沒問題啊，這邊雖然也有這邊的難處，但總算有個照應嘛。」

多恩說得開懷，他的話連身在房間內的莎芙倫也聽得清清楚楚，雖然平白多一個人住在家中肯定會有不便，但她知道父親本來就是個善良的人，只是在這兒父親根本沒機會交到甚麼朋友，難得有一位他能稱兄道弟的人，應該也是能當作家人看待的了。

「那就好了，看你們一家人那麼幸福，連我也覺得安心起來。」陽平說：「那我就不跟你客氣了。」

陽平當時所流露的，確實是發自內心的笑容，就和現在莎芙倫眼前的一樣。

「你還好嗎？好像心不在焉的樣子呢。」陽平看見莎芙倫有點驚惶失措，主動關心她：「昨晚你很晚回來呢，睡不好嗎？」

「也沒甚麼的。」

「和那個社工有關嗎？我有聽你爸提起過，有個社工一直在打擾你們對吧？」

「喔，她嗎？應該沒事了吧，她已經整個星期沒有來了，」莎芙倫說：「而且也已經有警察去跟進她的事了。」

「甚麼事了？要牽涉到警察嗎？」

聽到警察這個字，陽平似乎稍為吃驚。就這樣一個微小的表情變化，卻讓莎芙倫發現自己可能說錯了話。

「我也不是太清楚呢。」

為了避免繼續這個話題，莎芙倫立刻就回到房間去，就像逃走一樣。

＊＊＊

黑色的福特停泊在兩層平房前的路旁，JM從駕駛座下來，越過了圍欄來到大門前。他調整了一下襯衫的衣領，又確認了手錶的指針剛好指示著三點正，這才清了清喉嚨並按下門鈴。

過了超過一分鐘，門才慢慢打開。

「午安，沃克太太。」JM立即打了招呼。

「午安，」茱莉亞緩緩抬頭看了看JM：「請進來吧。」

JM隨茱莉亞進到屋內。今天茱莉亞把棕紅的長髮梳在一側，並沒有盤起髮髻，未施脂粉的她顯得精神甚差，比前一天向JM委託時彷彿老了幾歲，身上穿的也不是品牌衣裙，只是一般的針織毛衣配簡單的長裙，肩膊上披著一件駝色披肩，這使她整個人散發的感覺也不一樣，唯一沒變的是她無名指上的那一顆鑽戒。

「請坐吧。」茱莉亞招呼JM在客廳的沙發上坐下：「要喝——」

「咖啡就好，」JM中止了她的問題：「不用糖和奶，謝謝你。」

茱莉亞勉強擠出了一絲笑容，便轉身離開了客廳。JM則趁機觀察這個艾歷克・沃克曾經生活過的地方。

客廳方方正正，裝潢走的雖然是簡約風，但仍不難看出都是比較名貴的用料。米黃色的三座位沙發旁邊是同色系的躺椅，茶几上則放著幾本休閒類的雜誌。牆上是白色的陳列架，放了幾個精緻的小擺設和盆栽，當中的相架吸引了JM的注意力，那是沃克夫婦的婚照，二人的笑容都洋溢著幸福感覺。

不過JM並不關心這點。

「是你的咖啡。」茱莉亞正端著咖啡回到客廳：「請慢用。」

「謝謝。」

在JM面前放了咖啡後，茱莉亞也坐到旁邊的躺椅上。

「你找我，是有新消息了嗎？」茱莉亞顯得有點無力。

「是的，有幾項線索，希望能和你確認一下。」JM掏出了筆記本和筆：「請問你知道你先生有去過金絲雀碼頭嗎？」

「金絲雀碼頭……那個商業區嗎？」茱莉亞稍微思考一下：「我不太清楚……」

「那你有聽過一家叫Rice Bowl Pavilion的中國餐館嗎？就在金絲雀碼頭附近的。」

「這個……印象中沒有……」

「或者你知道照片中這位女性嗎？」

照片上的就是露茜・利索特，JM花了大半天去掌握她的資料，發現了莎芙倫的說法中某個謬誤，才讓他更急於確認兩者之間的關聯性。

「不認識。」茱莉亞搖了搖頭，便反問：「你在金絲雀碼頭發現了甚麼嗎？有人看過他嗎？」

「這個我稍後會說明的，不過在此之前，我必須看看沃克先生的書房。」JM喝了一口咖啡，才又說：「就是你提過，他失蹤前經常待在裡面的那間書房。」

語調明明是溫和的，但聽起來態度卻很強硬，茱莉亞亦為之一震。

「好的，那請這邊。」

茱莉亞領著JM走進客廳內側的一條走廊，書房就在這走廊的盡頭。茱莉亞為JM打開房門，門後是個佈置簡潔的小房間，書架數量不多，令人最注目的反而是放在一旁的沙發和音響套裝，書桌則在房間的最裡面，桌面上隨意放了幾本書和打開的筆記型電腦，看來使用者果然是匆忙離開。

JM沒有再次徵求茱莉亞的同意，便已逕自走進房間，書桌上的東西引起了他的關注。

「這房間在沃克先生星期二離開之後，有收拾過嗎？」JM走近了書桌，在觀察著桌面的幾個東西時問。

「沒有，一般來說我都很少進入這個房間。」茱莉亞也隨後步入了房間：「這兒可以算是他的私人空間。」

「那麼這幾本書，應該就是他離開前正在看的吧？」

JM翻開了桌上的其中一本書。那本書厚重得像本字典，書的標題是幾個中文大字，JM當然不懂中文，他的焦點落在書中貼著的便條紙之上。

「可能是吧。」茱莉亞拉了拉她的披肩。

JM決定不再發問，只是專注地查看書本上的便條紙。書本全以中文書寫，JM根本沒法看得懂，便立即翻到第一個有標籤的頁面，其中一處文字則被圈了起來，旁邊還加了手寫的英文注腳。

「香港的人魚傳說，」JM喃喃地唸著那些加上去的句子：「不能言語，惟笑而已……」

「所以金絲雀碼頭到底怎麼了？」茱莉亞的問句打斷了JM的思緒。

「這個我稍後會說明的。」JM仍在翻著桌上那本又厚又重的書。

「跟這本書有關嗎？」

「可能吧，所以我得看清楚。」JM掏出了香煙：「我可以嗎？」

「不好意思，我和艾歷克都不吸煙。」茱莉亞不單直接拒絕，還繼續說：「不如你先把你知道的告訴我，或許我可以幫忙整理出這些書所透露的線索來。」

JM收回了香煙，並沒有回答茱莉亞，只擠了個勉強的笑容便繼續翻書。

「你不回答嗎？」

「你到底查到了甚麼？」

「我丈夫到底怎麼了？」

「沃克太太你可以靜一靜嗎？」JM猛地合上書本，發出了砰的一聲：「我不是說我稍後會說明嗎？你可以等一等嗎？」

「我已經等很久，他失蹤快一星期了。」茱莉亞提高了聲線：「有甚麼消息也請你馬上告訴我吧。我是你的僱主，我聘請你就是調查他的行蹤，你不是答應過有甚麼線索的話就會第一時間通知我嗎？」

「好吧，艾歷克・沃克已經死了。」

JM本來還沒有決定要怎樣向茱莉亞報告，並不是因為這是一個難以讓人接受的消息，只是他還沒判斷出在甚麼時機說出來效益最大。

茱莉亞呆了半晌：「你……說甚麼？」

JM只是沉默地觀察著茱莉亞，當然不是為了要看她那原本已無甚血色的臉變得更加慘白，而是在看她會不會有甚麼不合常理的反應。

「他……死了？」茱莉亞的雙眼睜得渾圓，直視著JM。

「你肯定嗎？會不會搞錯了甚麼？」

「你怎麼能確定？是甚麼讓你這樣推論的？」

茱莉亞只是在含糊地唸著，雖然視線的方向沒有改變過，但JM卻清楚知道她目光的聚焦點根本不在自己身上。

「我看到了他的屍體。」

既然已經說了個開頭，JM也已沒有甚麼保留的餘地：「就在金絲雀碼頭。」

「不對，如果他死了，那你還在調查甚麼？你應該一進門就立即告訴我這個委託已完成了啊。還有，你說有屍體，那現在屍體呢？有發現屍體的話警察也一定會通知家屬不是嗎？我可是沒有收過任何通知啊。」

茱莉亞一口氣說。隨著她不斷地搖著頭，鑽戒在她扶著前額的手上反射出不同角度的閃爍光芒。

「這就是需要調查的原因了，我還不清楚在沃克先生身上發生了甚麼事，而且屍體現在也下落不明。」

「怎麼會……？怎麼會發生這種事？」茱莉亞跌坐到一旁的沙發上，她只是在自言自語。

「所以我需要更多的資訊，這些書本我想借回去仔細調查。」JM順勢提出了他的要求：「這台筆記型電腦也——」

「你說你看過他的屍體，是甚麼時候發現的？」茱莉亞沒等JM說完。

「關於這點……」

JM頓了一下，還是決定直接說明：「昨天傍晚，就在和你見面之後不久。」

「那為甚麼？」茱莉亞又再度激動起來：「為甚麼沒有即時向我報告？」

「因為當時還未確定——」

「那你現在確定了甚麼？」

確定和人類以外的力量有關，但這些令人難以置信的事情又該怎麼向茱莉亞說明？與其白費唇舌，JM寧可保持沉默。

「你不說啊？」茱莉亞瞪著JM：「還是說不上來？」

JM輕皺著眉，同樣以直接的目光回應茱莉亞。

「好吧，你說他死了，那就當他死了吧。這個委託完結了。」茱莉亞站了起來，走到JM前面把他和書桌隔開來：「不需要再調查了，請你離開吧。」

「但是——」

「夠了，你立即走吧！」茱莉亞高聲呼喊著：「他的生死你根本就不在乎。這件事上你一點也沒有幫助到我，一點也沒有。我不相信你，我根本從一開始就不相信你。」

JM沒有回應。書中有提到過人魚傳說，肯定有甚麼關鍵的線索，也許在那台電腦中還有甚麼相關的筆記，他只是在想著如何讓茱莉亞答應提供這些追查下去所必要的資料。

「又不說話啊，聽說高中那時你也是這樣，甚麼都不說就逃過了殺人的罪責啊。」茱莉亞已是歇斯底里的狀態：「警察沒有控告你，可是我們都知道的。」

「她肯定是你殺的。」

JM深深吸了一口氣來調整自己的情緒，他根本不打算為這個指控而解釋甚麼。

「再見，沃克太太，抱歉打擾你了。」

JM直接越過了茱莉亞，甚至連她的表情也沒有再看一眼，便快步離開書房。他奮力地說服自己，比起在這兒和茱莉亞糾纏下去，還有更優先要調查的事情。JM沒在客廳停留一刻，便走出大門，再越過前園的圍欄，他拉開了停泊在那兒的座駕的車門，直接跳到駕駛座上。

黑色福特發動了引擎，以飛快的速度離開。

5 傳說

正是劇場落幕的時間，觀眾們就如受月亮所牽引的海水那樣退去，但那只限於一般的情況，總有不被萬有引力影響的存在，例如留在劇院門前這對違和的組合——JM和莎芙倫。

莎芙倫仍呆站在劇院門前，她的雙眼正注視著廣告板上的海報。

清晨之下的海岸平靜無浪，無論是天空還是海面都是一片藍，就只有海上飄蕩著的大大小小的泡沫反映著彩色的光芒，這就是海報的畫面了。下方有一行小字寫著「小美人魚」，正是剛剛落幕的劇目。

「結局就一定要是這樣嗎？」莎芙倫喃喃自語：「這個世界就只有殘酷的現實嗎？為甚麼不可以讓王子和公主幸福地生活下去呢？」

JM裝作沒聽見她的低語，他只是抽出一根香煙點上。

「為甚麼約我看這齣舞台劇了？」莎芙倫還是提出了她的疑問。

「很晚了，送你回去吧。」JM故意不回答：「我的車就在前面。」

「慢著，你說過這不是約會，對吧？」

「當然啊。一定要是約會對象才可以送她回家嗎？」

「……也不是啦……」

「那就走吧，不遠的。」

JM自顧自地邁步，不讓莎芙倫有猶豫的空間。莎芙倫亦只有立即跟在他身後，因為她還未得到剛才那個問題的答案。不過一路上JM既沒有慢下步伐，連回頭確認一下自己是否有跟上都沒有，莎芙倫實在找不到再開口追問的機會，就這樣一直來到黑色福特前，JM為她打開了副駕座的車門。

莎芙倫和JM尚不算熟絡，其實答應JM的單獨邀約已是有點奇怪，還讓對方送自己回家就更加不適合，然而更大的一個問題是JM一直都不說話，沉默的空氣實在讓她受不住，她還有一肚子問題想要問清楚。

行駛了十多分鐘之後，JM才終於開口。

「剛才那個劇你覺得怎樣了？喜歡嗎？」

「這個……你呢？」

莎芙倫心中當然已有答案，不然也不會呆在劇院的海報前了，不過她就是不想直接回答，因為對方也一直不回應自己的問題。

「你不喜歡吧？我也是呢。」

JM是明知故問嗎？但他同時又對莎芙倫之前的問題避而不答，果然是別有目的吧。

「為甚麼呢？」

「這故事很不合理，王子竟然錯認是鄰國公主救他的？不可能吧。」JM的視線仍專注在路面之上：「人魚公主既善良，亦甘願為愛付出，她是值得獲得應有回報的，對吧？」

雖然用合理性去評價一個經典故事好像有點奇怪，但對JM這句話，莎芙倫又實在是莫名認同。

「對啊，為甚麼就硬要安個悲劇結局呢？結果沒有一個人獲得幸福啊。」

「所以呢，你明明不喜歡，為甚麼答應和我一起來看這套劇了？」

莎芙倫一時語塞，這正是她的提問，為甚麼現在會反而變成被問了？

「是因為你對人魚很有興趣嗎？為甚麼會對人魚有興趣了？」

這根本不是一個問題，莎芙倫並沒有選擇答案的餘地。幸好JM一直也沒在看莎芙倫，她才可以盡情地去想一個足夠說服JM的藉口。因為漂亮嗎？因為喜歡海嗎？不不不，這些肯定都會即時被他駁回去的。

「莫非是因為，」JM說，這時他才故意瞥了莎芙倫一眼：「你是香港來的移民？」

這個理由可以啊。雖然是JM提供的，莎芙倫也馬上順著承認。

「對啊，你怎麼知道我是從香港來的？」

「我是個私家偵探，這是我的專業。」

「莫非你是在調查我嗎？」

「當然了，你不覺得自己看起來很像兇手嗎？」

莎芙倫以為她發現了JM說漏嘴的情報，便趕緊抓住這個讓他說不出話的好機會。可是對方直認不諱，反而讓她處於下風。

「那你猜錯了，」莎芙倫只得馬上否認：「我不是。」

「好吧，我相信你。」JM卻只是一臉淡然地說。

「慢著，你還知道甚麼關於我的事了？」

「這可多了。你在香港出生，在倫敦長大。你父親是個廚師，在中國餐館任職，就是那家叫Rice Bowl Pavilion的餐廳。至於你的媽媽——」

JM故意在這兒停頓。

「你之前提過露茜．利索特，就是你說的那個社工，她的服務對象就是你的媽媽。」黑色福特剛好在紅色燈號前停下，JM轉過頭來，直接看著莎芙倫：「她是位智障人士，我說得對嗎？」

莎芙倫只得直接回看著JM的眼睛，視線相碰令空氣中充滿了焦躁感。

「對，就是那樣。」莎芙倫一連眨了幾下眼：「竟然讓你知道了。」

JM沒有回話，莎芙倫覺得自己像被獵食者盯著，那種銳利的眼神讓莎芙倫想到猛禽，但更機智狡詐。而這獵食者竟然還不作出任何行動，他是在耐心等待他的目標自己掉進他所設的陷阱。

「沒錯她的智商是比較低，但我媽媽是個善良的人，我不會容許其他人欺負她的。」莎芙倫不得不為自己和母親辯護。

「欺負她的人就是露茜．利索特嗎？」

「也不算是……」

莎芙倫猶豫著是否應該繼續這個話題。關於露茜的事，其實她一直也想找人商量，雖然JM是個不知情的外人，不過只要避開重點的話，以這個人的智商，或許可以提供些有意義的意見也說不定。

「只是，我覺得她有點奇怪。」

燈號終於變回綠色，JM也把視線從莎芙倫身上轉回路面之上，福特隨他踏下油門而發動。莎芙倫終於舒了一口氣，才繼續她的話。

「我們沒有跟任何機構聯絡過，是她突然出現說要評估我媽媽的情況，看看可以申請甚麼援助金之類。我們拒絕了幾次，但她就是不放棄，還一直纏。」

「不過到我們真的打算申請，在中途她卻沒有再來了。就是我無意間聽見她在電話不知跟誰說起金絲雀碼頭那一天。」

「這還不簡單了？她並不是來幫你們申請援助金的。」JM說得輕描淡寫。

「那她到底要幹甚麼？」

「這個嘛……警官先生不是答應了幫你嗎？就是那天在我家那個一本正經的高個子。」

莎芙倫當然記得，她還好好保存著亞佛烈德的名片。

「就等他向你說明吧。」

「但是——」

「你還沒解釋清楚呢。」JM卻搶在莎芙倫前面說：「你對人魚的興趣為甚麼會如此強烈，還有這和你家鄉的關係。」

「我會說明的，但你也得告訴我露茜的事，可以嗎？」

JM想了一想，才說：「成交。」

「香港有一個本土的傳說故事，就是一種稱為盧亭的半人半魚生物，這是少數關於香港的神話，再加上溜冰場上那個東西，我很想知道這是不是真的盧亭。」莎芙倫說得很急：「就是這樣了。那你可以告訴我露茜到底有甚麼目的了嗎？」

福特的速度卻在此時慢下來，並靠了在路邊停下。

「慢著，你先告訴我露茜到底怎麼了？」莎芙倫著急地說。

她已給出了她的答案，可不能讓JM就這樣，甚麼也不說便離開的。

但莎芙倫旁邊的車窗卻從外被敲響著，使她不得不把注意力轉到窗外。

「爸爸？」

莎芙倫實在感到意外，為甚麼多恩會在這兒的？

「他肯定是在等你吧。」

JM不單解了車門的鎖和自己的安全帶，還越過了莎芙倫去打開車門。

「抱歉讓莎芙倫晚了回家。」JM帶著笑容，向著車外的多恩說。

「謝謝你送她回家。」多恩雖然這樣說，同時也拉著女兒的手讓她離開車廂：「晚安。」

「不對，JM，露茜的事……」

「她不是社工，她說謊。」

微妙的表情已被收起，JM立即換回誠懇的笑容才繼續說：「很晚了，遲點見，兩位晚安。」

莎芙倫還在呆呆地看著黑色福特離去，還是在多恩的催促下，才回到樓上的家中。家門打開時，第一個映進莎芙倫眼中的，就是陽平的臉。

「好囉，終於回來囉。」陽平親切地說：「你也不知道你爸爸有多擔心了。」

「抱歉，我晚了回來。」莎芙倫其實還在想著JM的話，只是隨意回了一句。

而多恩則跟在女兒身後，他仔細地鎖上大門。莎芙倫一直心不在焉的樣子讓他有點在意，而且剛才送女兒回家的那個男人，還有他們對話中提到那個名字實在使他感到不安。

「天氣真冷呢，晚飯有吃過了吧？如果餓的話我去熱點東西給你吃啊。」

不過他口裡說出的話只表達了作為父親對女兒的關心。

「你也是的，你怎麼會到樓下了？」陽平刻意提出了疑問。

「沒有，我不過突然想要散散步。」

多恩的藉口實在太粗糙，反倒讓莎芙倫心裡過意不去。

「爸爸，抱歉讓你擔心了。」

「沒有啦，」多恩輕輕摟住莎芙倫的肩膀：「你是我的女兒，我不擔心你，還要擔心誰呢？」

莎芙倫亦順勢把頭輕倚在父親的肩上。

「不過，我想你也知道的，就是我們和他們的分別。雖然我是很希望你能像其他女孩那樣自由自在地生活，但現在的話，還是得小心一點。」

「嗯，你放心吧，我一刻也沒有忘記。」

「那我可以問一下嗎？」多恩還是決定搞清楚。

「嗯？」

「剛才的男人是誰了？」

「甚麼？原來莎芙倫是跟男生出去了嗎？」陽平也和著說，雖然這並不是他關注的重點：「難怪你這麼擔心了。」

「他嗎？」莎芙倫腦海中又浮起了JM那意味不明的神情，一時間也不知該怎樣解釋。

「他叫JM，是個私家偵探。」

這個說法應該比較簡單易明，總不能向多恩和陽平說有魚頭人身的怪物出現吧？莎芙倫想。

「私家偵探？」陽平說。

「我記得這個人。他不是前幾天來過餐廳嗎？」多恩的眉頭已是緊皺著。

「對對對，就是他了。」莎芙倫不想多恩繼續問下去，便打算轉個話題：「不過爸爸你的記性真好，還認得出他呢。」

「但你們提到露茜對吧？」

可惜莎芙倫並不能成功拉開多恩的注意力。

「我也是剛剛才知道他原來是個偵探，就順道讓她查一查露茜的事而已。」

多恩聽到莎芙倫的話，語氣反而更凝重。

「是你讓他查的？你為甚麼要調查露茜．利索特的事了？」

「不就因為她對媽媽——」

「不要再查了。立即終止那個委託，不要再和那偵探聯絡。」

多恩強硬地命令著，這使莎芙倫很意外，一向溫和的父親為甚麼突然這麼激動了？

「但是我想他可能是有甚麼新發現——」

「所以才說不能讓他繼續調查啊。」多恩堅決地說：「你想害了你媽媽？」

「這當然不是……」莎芙倫垂著頭。

「我明白你擔心媽媽的事，同樣地我也擔心你一個人行動會遇上甚麼危險啊。」多恩這才轉回作為父親關懷的語氣：「這樣好了，露茜．利索特的事爸爸會處理的，相信爸爸。」

「利索特，就是你們說那個社工對吧？」陽平趁氣氛開始緩和，才敢發問。

「對，就是我之前跟你說過的那個人了。」多恩回答。

「原來不止警察，現在還有私家偵探嗎？」陽平接著說：「莎芙倫你就別再亂來了，交給你爸爸來處理吧。」

「甚麼警察了？」多恩立即問。

「沒有，」莎芙倫十分清楚現在不是解釋的好時機：「露茜的事我不會管的了，這樣可以吧？」

「這就好了，那就早點去睡吧，你也累了。」

多恩又摸了摸莎芙倫的頭，就像她還是個孩子的時候那樣。只是現在的莎芙倫，已經不再是一個小女孩。

她可是個有自己想法的成年人。

6 罪證

桌上的紅茶已經放了一陣子，再沒有白煙從杯口冒起，不過佛手柑的香氣依然濃郁。

亞佛烈德呷了一口茶，又伸了伸左手，讓手錶從藏青西服和白襯衫的袖子下露出來，當時分針正指在五十八分的位置，所以他知道他還需要再等兩分鐘，不會少，但也不會多。

這家咖啡店叫作As usual，雖然位於路爾斯他們的大學附近，但因為店門在街尾的小巷內，是家不起眼的小店。這兒是路爾斯他們的聚腳點，很多時和路爾斯還有他的朋友們見面也會約在這家店，店面小而隱蔽，來往的客人也不多，説話比較方便。所以當亞佛烈德提出邀約時，只需指定時間，對方心中已有個默認的地點。

亞佛烈德手上有一個放了若干資料的公文袋，裡面的不算是甚麼重大機密，如果只是要傳達這些資料的話，通個電話或發個訊息也不是不可以，可是現在亞佛烈德心中卻有另一個疑問，雖然和正在調查的事件未必有直接關係，也算是涉及到別人的私隱，但在多番考慮之下，亞佛烈德還是決定當面向對方確認一下，出於朋友的身份。

果然就在分針轉到五十九分後不久，亞佛烈德就從對著大街的窗戶看見他，步伐從容不逼，轉進了後巷，在咖啡店門被推開時，秒針還有近十秒才轉到正上方。

「熱美式，謝謝。」

推開店門的是JM，他先跟櫃台的店員打了招呼，才來到亞佛烈德的桌前，拉開了他對面的椅子，並解開了西服的扣子才坐下。

「都在裡面了，」亞佛烈德把桌上的公文袋推到JM那一側：「你看後會感到高興的。」

「你找到甚麼好東西了嗎？」JM拿起桌上的公文袋便立刻打開。

「還是先從露茜．利索特說起吧。」亞佛烈德笑了笑，說：「的確她的名字在警方的失蹤人口名單之上，而且你的推測是正確的。」

「湯普森認為她就是沃克的不尋常異性關係，對吧？」

「湯普森會這樣想是有原因的，你先看看這照片好了，就是這張。」

亞佛烈德在JM拿出來的文件中抽出了其中一張，那是一張截圖，由上而下的角度清楚拍到停車場上兩輛並排停泊的車輛，畫面左上方顯示著一月十六日廿三時三十八分，旁邊還有附圖顯示著放大了的車牌號碼。

「這個不錯耶。」JM仔細觀察著畫面所顯示的景色，正是金絲雀碼頭的停車場：「這就證實了沃克在失蹤前，和利索特見過面。」

「正是這樣。所以利索特和沃克到底是甚麼關係，或許就是這次事件的關鍵。」

「我已經去過利索特的辦公室，就是那家網媒。」JM接著說：「可是似乎也沒有人知道艾歷克・沃克或是來自香港那一家人，但既然她訛稱自己是社工，那應該就是想藉故接近那位母親，挖甚麼獨家材料。」

「所以這還有一份補充資料，」亞佛烈德為JM指出其中一份文件：「你就看看有沒有甚麼用得著的東西吧。」

上面都是露茜的詳細個人資料，不單姓名年齡，或是手機號碼和住址等比較一般的資料，就連學歷、工作經驗等詳細資料都有包括在內，就連父母的名字、她出生的城鎮也有。

「那麼莎芙倫・許呢？你不是答應過幫她找利索特嗎？」JM翻了翻文件，說：「要不這件事就由我代勞吧，作為謝禮。」

「真的是作為謝禮嗎？」亞佛烈德喝了一口茶：「還是你用來和她交易她母親的資料的籌碼？」

熱美式也剛好送到，JM笑著，呷了一口。

「另外我已打了電話去和湯普森聯絡過，他們會重新開始調查工作的。」亞佛烈德繼續說：「至於泰晤士河那邊，我也安排了人手去注意看能不能找到甚麼物件。」

「也實在是太周到了吧。」JM把手上的文件疊好：「真不愧是亞佛烈德．安傑爾。」

應該是適當的時機了，亞佛烈德覺得錯過了的話大概又不知如何開口。

「倒是我有一些事，」亞佛烈德調整了一下自己的領帶，語調也變得嚴肅：「希望和你確認一下。」

「甚麼事了？」JM還在收拾文件，他那輕鬆的神情對亞佛烈德來說可以算是非常罕見。

「我想問的事情，其實跟這次的事件沒有直接關係，而且也過得有點久。不過當要調查艾歷克．沃克時，相關的紀錄還是會被找出來。」

本來一直集中在文件上的JM終於抬起頭，他直直的看著亞佛烈德，原本那輕鬆的笑容已經完全消散。

「八年前艾歷克．沃克曾在一個事件中作為證人協助調查，而那宗案件是——」亞佛烈德停了一下，深呼吸了一口。

「當時艾歷克．沃克所就讀的高中發生了一宗命案，死者是該校一名十七歲的女生，於學校天台墮樓身亡。」

「警方當場拘捕了案發時和死者一同身處在天台的男學生，因為根據死者遺言的內容和其他證人的證言，這宗案件最初是從謀殺案的方向展開調查的。當然沃克就是提供證言的其中一人。」

「不過最後因證據不足，警方並沒有提出檢控，嫌疑人獲得釋放。」

「那位死者，她的名字是雪樂爾·荷姆斯。」

說到這兒，亞佛烈德停止了他的陳述。

JM沒說半句話。他揚了揚眉，從懷中掏出一包新的香煙，並把香煙盒開口處朝下，用力敲打了幾下才一把撕開封膜，再把盒口的錫紙狠狠抽出來，揉成一團拋在桌上。新煙盒中的香煙排列得緊密有序，而JM在緊逼的香煙間用力抽起了一根往唇邊送，擦亮了的火機讓煙草開始燃燒。

亞佛烈德把JM的一舉一動都看在眼裡。良久，他才開了口。

「我只是想問一個問題，」亞佛烈德說：「她是自殺的嗎？」

JM深深地吸了一口煙，再呼出：「我沒有動機。」

「這樣就好。」沒有追問半句，亞佛烈德已站了起來：「時間不早，我也得回去了。」

在越過JM身旁時，亞佛烈德拍了拍他的肩膊：「這件事我不會跟路爾斯提起的，不過如果有適當機會的話，我覺得你可以找他談談。」

她是自殺的嗎？這真是一個好問題。

JM笑著，他當然沒有發現自己的笑容，比桌上那杯早已變酸的黑咖啡還冷。

＊＊＊

「好吧，你們隨便看好了。但不可以拿走任何物品。」

「感謝你，湯普森警官。」

其實莎芙倫還沒有弄清楚目前的狀況，她只是跟著JM來到這個位於倫敦西北邊的小社區，有個四十來歲的男子在等著他們，從JM口中得知他叫湯普森，應該也是個警察。然後就隨他們進到了這間半獨立屋。湯普森看來絕對稱不上友善，不過對於這點莎芙倫倒是習慣，一般白人對她也是這種態度，而且這陣反感應該並不是針對她的，湯普森對JM也說不上客氣。

湯普森看了看JM，又把視線在莎芙倫身上來回了幾遍。

「記得不要拿走任何東西啊。」湯普森特意把視線轉回向JM說：「不然別說甚麼警司，女皇陛下也保不了你。」

「這個當然，我們不會讓你為難的。」JM展現著異常誠懇的笑容。

「你也跟她說一下比較好。」

「不用，」莎芙倫立即以流利的英語插了話：「我聽得明白，也不會拿東西走的。」

「是嗎？」湯普森還用鼻子發出了一下冷笑聲。

「請放心吧，我會看好她的。」JM走近了湯普森並拍了拍他的肩膊：「對於你今天的協助，我一定會向安傑爾警司好好說明的。」

「嗯，那你們自己看吧，好了就叫我。」

說完，湯普森便隨意拉了張椅子坐下，邊抽著煙邊滑著手機。

「這兒到底是甚麼地方了？」莎芙倫終於找到機會發問。

「你不自己看看嗎？」JM又換回他那一貫愛賣關子的態度：「答案舉目皆是啊。」

既然JM不說，莎芙倫也決定靠自己找出答案。她身處的客廳以米色和淡粉色為主，桌布還有沙發套也有蕾絲裝飾。大門旁有幾雙鞋子沒有收進鞋櫃內，都是成年女性的鞋子。餐桌上還有沒收拾好的書本和雜誌，旁邊的廚櫃上則堆了些未清洗的餐具和幾瓶已經喝完的氣泡水。這間屋的主人大既是個不修邊幅的女性。

不過真正讓莎芙倫找到答案的還是放於沙發旁，那矮桌上的照片，當中的女性約三十來歲，看臉型是偏瘦削，有著淡棕色的大眼睛和棕色的大波浪鬈髮。要不是看到照片，單從房子的陳設來看，莎芙倫是絕對不會聯想到她的。

「這兒是露茜．利索特的家嗎？」

莎芙倫還在疑惑著，露茜之前給她的感覺，是一個細心盡責的社工。

「不是很明顯嗎？」JM 又用問題來回答。

「那為甚麼帶我來了？」

「你還真愛問問題呢。不是你要知道她的真正目的嗎？」

「其實不用這麼麻煩的，我不需要看甚麼證據，你直接說她接近我們家的原因就可以了。」

「那我就直接告訴你，我完全不知道啊。」

「甚麼？你上次不是說她說謊了嗎？」

「不過你可以親自看看啊。」JM 無視了莎芙倫的質疑，繼續說著：「答案可能可以在這兒找到的。」

莎芙倫皺了皺眉，在客廳繞了一圈：「我不知道你想我看甚麼呢。」

「仔細一點嘛。」JM有點不耐煩：「例如這兒。」

沙發上丟了幾件衣物，其中有一件被壓在下面的很是搶眼，因為那件衣物是用黃色反光物料製成。莎芙倫走近把那件衣服抽出來，上面清楚寫著記者的字樣，還有一個讓人眼熟的標誌，莎芙倫一眼便認出那是個熱門新聞網站的標誌。

「所以，她其實是個記者嗎？」莎芙倫看著她手上那件黃色背心。

「到睡房去看看吧。」

JM說著，沒有等待莎芙倫作出任何反應已離開了客廳，莎芙倫只好跟在他身後，隨著他上了樓梯走到二樓的睡房中。

睡房和客廳不單佈置風格相似，連混亂程度也相若。JM第一時間走向了窗旁的小書桌，那上面堆著一疊疊像是信件的紙張。而莎芙倫則在床頭櫃發現了由英國記者証管理局發出的証件，除了相片，還有名字和到期日，當然還有剛才在反光衣上一樣的標誌。

「她果然騙了我呢，為甚麼她要這樣做？」

JM就像沒聽到莎芙倫的話一樣，他只顧著查看書桌上的紙張。

莎芙倫看著証件上的照片，想起這張臉曾對自己做出友善的微笑，也曾說過她對弱勢社群特別關注，覺得即使是華人，也應該能在這個社會上獲得應有的福利和權益。莎芙倫曾經一度信任過這樣說的她，現在這照片上的人卻那麼陌生。

「我還真的相信過她呢。」莎芙倫嘆著氣：「我們在這兒就是異類，沒法融入到這個社會中的。」

「那是因為你太笨而已。」

JM 卻突然說，不過他還是一直埋首在書桌面，連頭也沒有抬過起來。

「對，的確是我太笨呢。」莎芙倫已沒好氣和他爭論，她任由自己跌坐在房中央的床上。

「我的意思是指，你在介意甚麼呢？」JM 仍是頭也沒回一下，他邊說邊拿了紙筆在抄寫著甚麼：「別人說甚麼，這跟你是誰，生活過得好不好，又有甚麼關係呢？」

莎芙倫垂著頭，苦笑著：「你不明白的，你大概就沒受過那種目光吧。」

這句說話讓 JM 停止了書寫。他放下了筆，還刻意轉過身來看著莎芙倫。在他眼中，她身上還是滲著那種淡然的幻彩光芒，那不是一般人類所擁有的氣場。

「可能吧，但在我看來，你和我也沒甚麼大差別，不要把自己想得太特殊了。」

這次換莎芙倫吃了一驚，她連忙抬起頭來看 JM，只看見他已再度專注在他的紙筆之上。莎芙倫很想問 JM 為甚麼會這樣說，但又問不出來，因為感覺即使問了，JM 大多數只會和她繞圈子，所以她索性站起來，走到小書桌旁，也就是JM的身後。

「你到底在寫甚麼了？」莎芙倫探頭去看桌上的紙張。

「不就是你要找的答案，利索特接近你們的理由啊。」JM拿出了手機，對著桌上的文件拍照。

「這不是銀行月結單嗎？」莎芙倫看了他拍的那些文件：「所以就是為了錢？」

「你看這兒，這筆支出轉到了艾歷克·沃克的戶口，也就是當日在溜冰場上你看見的那個死者。」JM又沒有直接回答莎芙倫的問題：「而在這之前，有一筆同樣金額的入帳，則來自一個叫克里斯·特伯的人。」

「克里斯·特伯是誰了？」

「如果我沒記錯的話……」JM在手機上按了幾下：「對了，就是他。」

莎芙倫看著JM遞過來的手機，螢幕上顯示著一位約四五十歲、打扮端正的紳士，銀灰色的頭髮往後梳理整齊，他的笑容給人感覺既和藹又溫暖。而在相片旁邊，則以簡潔的白色字體寫著一個名字。

「這兒不是寫著梅爾文·格里芬嗎？」莎芙倫禁不住問。

「沒錯，這個人叫梅爾文·格里芬，是個神秘學家，同時也是個心靈導師，有不少人非常崇拜他，讓他去到了像是精神領袖的地步。」JM解說著：「這個人對於非自然力量，或是靈體怪物等很有見解，我也曾留意過他的論說。」

「但這和付了錢給露茜的這個克里斯．特伯有甚麼關係？」

「關係可大了。」JM得意洋洋地笑著：「克里斯．特伯正是格里芬的首席助手，關係比私人秘書還密切，這終於和外力扯上關係了。」

「那就是說露茜到底在幹甚麼，還有溜冰場上你們說叫達貢的那個半魚怪——」

「對。」JM根本等不及讓莎芙倫說完：「去問克里斯．特伯，大概就清楚了。」

「那我們現在就去問他吧。」

「還不行啦，有些事情得先調查清楚。」JM雙手交叉在胸前：「所謂親近你的朋友，更要親近你的敵人，摸清對手的底蘊很重要，特別是格里芬這類難纏的對手。」

「得仔細調查他們的網站，最近的活動也要。」JM繼續自顧自地碎碎唸：「還是從克里斯．特伯入手吧，怎樣看也應該是比較易處理的突破口，不過也得想想用甚麼藉口去和他們接觸，還有就是接觸的時機。或者我應該再調查一下，如果能抓到甚麼更實質的證據，那才有談判的籌碼……對了。」

JM像是突然想起了甚麼似的，抬起頭來對莎芙倫說：「我可以見見你的母親嗎？」

「甚麼？」莎芙倫被他突如其來的提問嚇到，頓了一下才說：「抱歉，我媽媽她不能和外人溝通，一來她聽不懂英語，而且她也不會說話。」

「這不是問題，我只是想見見她，我猜她應該是有甚麼特別之處，才讓露茜‧利索特把她當成目標。」

「應該不行，我爸爸也不會同意的。」

莎芙倫只感到JM的視線在自己身上快速掃瞄著，似乎在打甚麼主意。

「這樣好了，」JM的嘴角上揚：「當成是要把男朋友介紹給家人如何？」

「怎麼可以？這不是說你……」莎芙倫急得漲紅了臉。

「開玩笑而已。」JM卻在一瞬間收起了所有笑容：「不用這麼緊張的。」然而下一刻他卻又換回了一副輕鬆的樣子：「那麼現在先跟湯普森說一下我們找到的好東西吧。」

莎芙倫只能看著JM步出睡房，她想起路爾斯對自己的忠告，這個人果然很脫線，別人根本就無法理解他在幹甚麼。

「我們沒甚麼大差別嗎？我想是你不要把事情想得太簡單才對。」

莎芙倫不自覺地笑了。

＊＊＊

雖然是答應過多恩不會再追查露茜．利索特的事，但因為今天的發現實在有點太大，莎芙倫考慮過後，還是覺得應該對父親坦白，再和他好好商量接下來應該如何處理。所以她在照顧曾如入睡之後，並沒有回到自己的房間，而是在客廳中等多恩下班回家。

時鐘指示著十一時五十二分，大門外的腳步聲由遠而近。隨著鑰匙轉動的聲響，大門被打開，門後出現了多恩疲憊的臉。

「雪芙？怎麼了？你在等我嗎？」多恩在家中用的都是粵語。

「嗯，爸爸。」莎芙倫頓了一下，才說：「有些事，我想跟你談談。」

「是甚麼了？」多恩放下了背包，便坐在女兒身旁。

「是關於露茜．利索特的。」

「利索特？不是說好交給爸爸處理嗎？」

一聽到利索特的名字，多恩的眉頭已是緊緊皺起。莎芙倫怯了下來，畢竟是自己食言在先，多恩會不悅也是理所當然的，但一想到事情可能牽涉到曾如的安全，還有他們一家人一直堅守的秘密，她還是覺得必須要告訴多恩才行。

「不是的，露茜其實不是社工，她是個記者，我想她可能是打算報導媽媽的事。」

「但她已經沒有再在我們面前出現了，不是嗎？」多恩拍了拍女兒的肩膊：「既然她沒有再來，那就別理她了，不好嗎？」

「還沒有完結的，她還和另一些人有聯絡。」莎芙倫仍然解釋著：「有個叫克里斯・特伯的人，他是某個神秘學家的助手……」

「住口！」多恩卻突然大喝一聲：「你答應過不會調查的。」

莎芙倫驚呆了，她一心只想和父親好好商量，多恩這樣激烈的反應讓她一時間說不出話來。

「現在是學期間的休假吧？接下來你就留在家中不要外出，直到下學期開始吧。」

「為甚麼？」

「因為你答應過。」多恩說得斬釘截鐵：「我從小就教你必須要守信用啊。」

「但是我──」

「餐廳打工那邊我會替你請假，食物還是日用品甚麼的我都會買回來，你就給我好好留在家中照顧媽媽。」

「你的意思是要我禁足在家嗎？」莎芙倫深感不忿：「像媽媽那樣。」

「不要出外生事了！」多恩高聲呼喊。

莎芙倫已不想再和多恩說任何一句話，她奮然站起來，匆匆回到自己的房間，並狠狠的關上門來表示自己的不滿。不過比起不滿，可能稱為懼怕的情緒佔的比率還更高。

這樣子的多恩，對莎芙倫來說實在太陌生了。

7 死亡

JM狠狠把煙蒂擠進煙灰缸裡，比起約定的時間，現在已經過了五分鐘有多，等待是他最討厭的事情，儘管酒吧現場演奏的爵士樂讓人心情放鬆，浪費時間依然使他煩躁。

偏偏他卻當上了私家偵探，這種職業最主要的工作內容就是等待。如果不是她，如果不是高中發生的那件事，他根本連偵探是甚麼都沒有想過，他摸了摸懷中那個放大鏡，無奈地苦笑了一下。

「你給的謎題，我總有一天會解開的。」

不過現在還是先處理艾歷克·沃克的事吧。JM又再看了看手錶，對方還沒有出現，與其乾等，他決定在腦海內再次整理一下現有的線索。

事件的起點是生物研究員艾歷克·沃克的失蹤，他的妻子茱莉亞報案，負責的警察湯普森基於兩個情況把案件判斷為離家出走：其一是秘密的異性關係，也就是訛稱社工的記者露茜·利索特，她的目標是那個來自香港的家庭，更準確來說是那位疑似患有智力障礙的母親。不過從他們那位並非普通人類，看似有點天然呆但卻不然的女兒看來，這個家庭並不是這麼簡單，他們九成保守著甚麼有趣的秘密。

其二是不明的金錢來源。這點也已經掌握了，有人透過露茜．利索特付了一筆錢給艾歷克．沃克，這個人正是這位遲到的人物克里斯．特伯。至於付款目的，背後還有沒有其他人牽涉其中，正是JM要查明的真相，也是JM要和克里斯見面的理由。

至於這個事件的重點，也就是那隻半魚怪物達貢，JM相信只要能瞭解到艾歷克．沃克被殺的原因，怪物的真相也就自然會浮現出來。

到另一根香煙都燒盡，克里斯．特伯才出現在酒吧中。褐色頭髮，身型頗為肥胖的青年男子，那副囂張的表情讓人一下子就能認出他，JM於是主動向他揮了手。

「約我出來的人就是你嗎？」克里斯走到JM所在的桌邊，但並沒打算坐下：「在電話中你說有露茜．利索特的消息，是甚麼消息？馬上告訴我吧。」

他一來就顯出一副不打算久留的樣子，他在趕時間嗎？還是顧忌著甚麼了？JM於瞬間已產生了一串疑問。

「是的，但我想先跟你談談露茜的情況，正如我在電話中跟你說，我是她的同事，我們相識了很多年，交情很深——」

「你以為我會知道她的事嗎？那你可搞錯了。」克里斯卻截停了JM的話：「倒是你怎麼會認為我認識利索特？你是從那裡知道的？」

「露茜告訴我的，她說她從你那兒收了一大筆錢，正在為你進行一些特別的調查。」JM刻意壓低了聲音。

「那你就信了嗎？利索特這種人耶。」克里斯冷笑了一下：「我現在澄清一下，我和她根本甚麼關係都沒有，也沒有金錢瓜葛，可能又是她想製造甚麼謠言而已。」

這個人謊話連篇，一定是有甚麼讓他必須對跟露茜・利索特相關的人物提高戒心。JM暗笑著，這個目標人物肯定是選對了，現在就立即讓他脫不了身吧。

「但你卻一聽到露茜的名字就應約了。」JM淡淡地說。

克里斯愕了一下，連表情都頓時變得僵硬。

「露茜現在不知所蹤，我當然不知道她的任務執行得如何，」JM直視著克里斯的雙眼：「但如果有需要的話，我想我可以代替她。」

基於還沒有任何消息被公開，香港移民那一家人也沒發生甚麼特別事，JM認為露茜在還沒完成她的任務之前，就被人以消失這一手段來處理了。這樣推斷的話，已經付了錢的克里斯應該急需要找個人接替露茜去完成她該做的事，這正好讓JM有個機會，如果能在這兒順利交涉的話，不論是整件事的由來還是發展，或者背後有沒有甚麼人在操縱，也可以輕鬆地全數得悉。

「價錢的話，我這個人可是很好商量的。」JM 把身體稍為移向後，放鬆地靠到椅背之上。

「你要說的就是這些嗎？」克里斯又回復到他原本那副不可一世的模樣。

「放心，我不是毫不知情的路人，」JM 把手機擺到桌上，畫面正顯示著莎芙倫的照片：「目標對象是這個華人女孩的母親，對吧？」

JM 滿以為把更多資訊擺出來可以獲取對方的信任，但克里斯的反應可不如他所料。

「我完全不知你在說甚麼。」克里斯披起他的大衣：「我還有其他安排，先失陪了。」

「慢著，」JM 也站起來，靠近了克里斯那張圓臉：「露茜已經死了，對吧？」

既然還是引不到對方上鈎，JM 只得再拋出更有份量的誘餌。

「那又如何？」克里斯的回應十分冷淡，他沒多看 JM 一眼已轉身離去。

克里斯異常的反應吸引了 JM 的注意，克里斯已經知道露茜的死訊，這點當然是不意外，但問題是他對於有其他人得悉露茜已死也毫不在乎，難道他們不擔心事情會敗露嗎？還是他還藏著甚麼皇牌？而且都已經快要午夜了，大半夜他還會有甚麼安排？莫非是甚麼非得在夜闌人靜時才可以處理的事情？不過光靠推測是沒有用的，JM知道就只有現在立即跟上他，才有機會知道答案。

JM尾隨著克里斯來到酒吧外的停車場，看著他鑽進了一輛銀白色的房車。幸運地他的福特也是停在這兒，於是他便馬上駕著黑色福特跟在那輛車之後。JM除了一邊留意前車，也一直留意著自己的行駛方向和四周街景，如果有甚麼提示能讓他早一步猜到克里斯現在要去甚麼地方的話，他可是絕對不想錯過。

行駛了近半小時，JM注意到他們由倫敦西邊，越過了市中心來到東部，而且正慢慢離開倫敦市的範圍。這個方向只讓JM想到一個地方，不祥感覺亦驟然湧起。

「不會是去金絲雀碼頭吧？」JM不禁唸著。

可是車子愈是行駛，路線只是愈來愈符合他的想象。

JM的左手留在方向盤之上，只以右手拿出手機，按了個號碼。

「路爾斯嗎？是我。現在來幫個忙吧。」

「我猜我現在可能是在往金絲雀碼頭的路上呢。」

電話才掛斷，前面的銀白色房車已轉了彎，那兒正是金絲雀碼頭的入口。

為免太過注目，JM特意沒有跟著駛進金絲雀碼頭的範圍，反而是把車泊在外面，雖然這會令目標離開視線範圍一段時間，但這也是不得已的事情，而且他對尋回目標人物也相當有信心。

不出所料，克里斯那略為臃腫的身影就在溜冰場旁，他身旁還有另一個嬌小苗條的女生，她束著黑色的高馬尾，頭髮上還別著淡紫色的小花朵髮夾。

「莎芙倫？她怎麼會單獨和特伯接觸的？」

從現在這個位置的話，JM無法聽見他們的對話，可是時間已經接近午夜，溜冰場也如上次一樣早已關門，行人寥寥可數，再走近的話很容易會被二人發現，JM只得先觀察他們的情況。

兩人的確是在對話，克里斯還把雙手插在衣袋內，一副輕鬆自在的樣子，反而莎芙倫看上去更緊張，她緊握著雙手，還不時搖著頭。JM觀察了幾分鐘，只見克里斯一直在滔滔不絕地說話，還在有意無意之間逐步逼近莎芙倫。受到他的話所刺激，莎芙倫的站姿變得更挺直，握拳的雙手不但沒有鬆開，更是以一個繃緊的角度微微顫抖著。

「不可能！不會是這樣的。」莎芙倫突然高聲呼叫，連JM都聽得清清楚楚：「算了，你根本謊話連篇，我們沒必要談下去，再見。」

莎芙倫毅然轉身，她的黑色馬尾還甩出整個完美的弧度。JM本來打算等她離開後才再上前去和克里斯對話，可是事情卻不如他所預料。

克里斯見莎芙倫一轉身，便瞬間伸出了本來藏在大衣袋內的雙手，從後勒住了莎芙倫的脖子，JM清楚看見他的手上有一把電槍。不消一會，莎芙倫便停止了掙扎，軟倒在那胖子的懷中。

現在JM已沒有任何猶豫的餘地，他必須以全速截下克里斯，儘管在他的估計中克里斯帶著昏迷的莎芙倫絕對不會移動得很快，但這實在是不能容許有任何誤算或是萬一的情況。

偏偏就是出現了萬一的情況。

克里斯正把莎芙倫拉起來倚在自己的右邊，當然就是向他的車子所停泊的停車場前進，這使得他背向了溜冰場，於是他未能察覺的異象，就只有正向他們狂奔的JM才看得見。

白色的薄霧在冰面之上漸漸冒起、匯集，並聚合成巨型的龍捲風，JM立即意識到將要發生甚麼。

「當心！」

話音未落，那隻稱為達貢的藍綠色半魚人怪物已從龍捲形的霧氣中飛撲而出，淡黃色的卵形光球也和上次一樣在牠身後飄浮著。那怪物飛快地移動，三步併兩步已來到克里斯身後，當時那胖子還沒來得及回頭。

JM不知道達貢的目標到底是克里斯，還是失去了意識的莎芙倫，他只有豁出一切拼盡全力一躍，幸好來得及從旁撞在達貢的身軀之上，撞擊力度強得發出了一聲巨響，還使得達貢向橫踉蹌了一兩步。

克里斯這才轉過頭來，達貢那駭人的外貌直接映進他那睜得渾圓的雙眼中，他的整張臉開始異常地抽搐，嘴巴張得很大，似要尖叫但又像有甚麼卡在喉嚨使他發不出任何聲音。

「快逃！」

聽到JM的叫喊，克里斯這才意識到必須趕快逃走，他想也沒想便拋下了昏迷不醒的莎芙倫，自己則跌跌撞撞地向前奔跑。然而撞擊完全不能使莎芙倫醒過來，現在她只是軟趴趴地倒在地上，就在達貢伸手可及之處。

「可惡！」

JM只得馬上調整好體勢，整個人撲上去試著阻撓那帶著鱗片和利爪的蒼藍色大手有任何動作。可是達貢的力量並不是人類所能比擬，那隻大手一揮，已把JM甩開，他狠狠地飛出去，還不幸地先以頭部著地。JM的腦袋承受了巨大的衝擊力，差點就這樣直接昏過去。

巨大的魚人現在已再無任何障礙，牠施展出全速向前，身旁的光暈則劃出了一道筆直的黃色光軌，直接就捕獲了牠的獵物——那個動作遲緩的胖子。

克里斯的頭給達貢擒著，整個身體因而被凌空抽起，下一刻大手已經揮下，並用利爪在克里斯身上畫出一道又深又長的血痕，把克里斯圓滾滾的腹部整個剖開。克里斯完全不能發出半點聲響，但他還沒有斷氣，只是被丟在一旁，眼睜睜地看著自己的腸臟自傷口中湧出，流滿一地。

達貢並沒有再注意那匍匐在地上的胖子，牠轉了身，一步一步的走回頭，來到莎芙倫身邊。

砰！是槍聲。

JM勉強發射了子彈，可是頭部撞擊所產生的暈眩大大影響了他的瞄準，即使目標體積龐大，子彈卻沒有命中，只是引起了達貢的注意。牠抬起了頭，越過了地上躺著的莎芙倫，現在牠的目標是倒在一旁的JM。

「又是你。」沙啞的聲線，那並不像人類能發出的音質，句子的內容只是能勉強聽得懂的程度。

達貢以冰冷的大手抓住JM的脖子，再把他整個人提到半空，但和上次不一樣，怪物並不打算把他摔開，帶蹼的手指反而愈陷愈緊。

「我明明已經警告過你的。」

利爪已經刺穿JM的皮膚，喉嚨則承受著巨大的壓力。儘管他拼命掙扎，但無論手還是腳都無法碰到那魚人。

「上次我已經放過了你，但這次我不會再讓你有機會破壞我的事了。」

JM把僅餘的氣力集中，使得持槍的右手能勉強舉起來，這已是他最後的自救手段。

「沒用的。」

缺氧令JM四肢乏力，魚人的大手使力一晃，手槍便已掉在地上。

「這玩意兒對我根本沒用。」

JM所有的希望都在那手槍之上，即使丟了，他還是企圖轉頭來確認手槍的位置，但他的脖子被勒緊根本動彈不了，魚人還故意一腳把手槍踢到遠處，讓JM知道他已再無求生可能。

「永別吧，JM。」

仍是沙啞和難以辨認的英語，不過聲音卻似乎不是發自那個魚人的喉部。但JM已無暇細辨聲音來源，他只知道自己已陷入窒息狀態之中。

氧份嚴重不足，JM 的腦海一片空白，已聽不清楚魚人在說甚麼，感覺和意識都已慢慢遠去，JM 知道等待他的結局只有一個——

就是死亡。

8 不朽

「我決定了，今天一定要來一個了斷。」她說。

天台上的風很大，她的黑髮，還有黑色的裙襬，都在風中搖曳著。

「不是我的結局，就是你的結局。」她的語調平淡。

她伸出了手，給出一個沒有被接納的建議。

「很好，再沒有比這樣的結局，更能使我滿意的了。」

然而她臉上最後掛著的笑容，卻充滿了遺憾。

她輕飄飄地離去，化成深淵底下盛放的黑色薔薇。她不解的行為正是她給出的最後謎題，一道再沒有人知道答案的謎題。沒有理由的現象，沒有解答的問題，正是JM的恐懼來源，就如站在高處而不知道底下藏著甚麼一樣令人戰慄。

漆黑的深淵逐漸綻放出光芒，一切景象都淹沒在白色的光輝之中，再沒有任何片段，任何視野，任何思緒。

「慢著，謎題你解開了嗎？你答應過我的。」

某個聲音貫徹了JM的腦海，感覺就如閉塞的呼吸道於瞬間重新暢通那樣，缺氧的腦部一下子獲得充足的氧氣供應，使他全身為之一震。

「嗨，你醒囉，感謝上天。」

JM一醒來，首先傳入耳中的就是小少爺的聲音。

「太好了，我還以為你要死掉了。」

JM的頭痛得快要裂開，而且還有耳鳴和噁心的感覺，他勉強地張開了眼，用盡全身的力量才能慢慢地從床上爬起來，然而視線仍是模糊不清，像是天旋地轉，身體搖晃不定似的，使得JM完全無法判斷現在的環境。

「這兒是……？」

「醫院啊，你在金絲雀碼頭昏過去了。」路爾斯關切地說：「那隻魚怪又出現了嗎？」

魚怪……JM思考著，是那隻藍綠色的東西，有著像魚類的頭部和帶蹼的手。

「嗯……」

「你怎麼不早點叫上我？那東西你獨自一人怎麼處理得來？」

為甚麼沒有通知路爾斯呢？因為JM也沒料到會遇上達貢，他本來只是在調查某個對象，對了，是克里斯・特伯。

「所以……特伯呢？」

「特伯？」路爾斯完全不明就裡：「誰啊？」

特伯死了。JM想起他被剖開的腹部和裡面流出來的臟器，那畫面絕對夠讓小少爺留下印象的，換句話說，他並沒有看到這樣的一幕。

「你是說那個亞洲人嗎？」路爾斯說。

「亞洲人？」這次則換JM搞不懂路爾斯在說甚麼。

「對啊，有個亞洲人，是個看上去大約十來歲的男孩。」路爾斯一邊回憶著，一邊說：「剛才我接到你的電話便立刻趕到金絲雀碼頭啊，最先看到的就是那個亞洲人。他還說你快要死了，叫我趕緊去救你。」

「對，他還把莎芙倫帶走了。」路爾斯忽然才想起這個重點。

「甚麼？」

「對啊。我當時也亂作一團，沒想太多就趕去找你了。」

在JM腦中浮現的是特伯用電槍攻擊莎芙倫的畫面，也不知她現在情況如何。

「可以幫我聯絡一下她嗎？我指莎芙倫。」

「現在嗎？」

「對，馬上。」

被JM這麼一說，路爾斯也慌了，立即掏出手機撥打了莎芙倫的號碼。

「不通呢，直接駁到留言信箱了。」路爾斯慌慌張張地說：「不過現在是凌晨三時嘛，接不通也算正常？」

「亞洲人，十來歲的少年，他會是誰了？」JM揉著自己劇痛的前額：「還有特伯屍體的去向。」

「特伯的屍體？」路爾斯皺著眉：「到底是怎麼一回事了？」

「特伯可能僱用了利索特和沃克正進行甚麼計劃，我跟蹤著他一直到了金絲雀碼頭。」JM盡量叫出他腦中的紀錄：「原來他去金絲雀碼頭是和莎芙倫見面，而他應該有甚麼驚人的情報告訴了莎芙倫。」

「後來莎芙倫打算離開，特伯襲擊了她。在我打算攔下特伯時，達貢就出現並殺了特伯。」

「但我沒有看見達貢或屍體，就只找到失去了意識的你。當時你連呼吸心跳都沒有，我還以為你真的死了。」

「那麼達貢是逃了嗎？他明明說不會再放過我……」

「慢著，達貢知道我是誰，他能說出我的名字。」JM這才想起來。

「達貢知道你的名字？」

「沒錯，在我失去意識前一刻，我聽見牠喊了我的名字，而且當時的聲音來源有點怪，似乎不是由那魚型的頭部發出的。也許，達貢的背後還有個人在操縱著。」

「而那個操縱者，則是認識你的人。」路爾斯順著JM的推論回應：「那個人，該不會是她吧？」

「她嗎？」JM若有所思，他看著病房窗外的夜空：「我不知道，希望不是她吧。」

＊＊＊

家中就像莎芙倫偷偷溜出去時一樣寧靜，電燈仍是關著，大概每個人也在睡夢中，並沒有發現她曾經出外然後又回來。可是回到這兒的莎芙倫卻不一樣，她的內心洶湧，因為她已經知道了一切。

她是被送回家中的，也知道克里斯．特伯已死，不過這些都經已不重要了，更重要的是特伯所說的話，那些令人難以置信的事，到底是他說謊還是真有其事，這是她現在必須要確認清楚的，所以儘管已經夜深，儘管會讓多恩知道她偷偷溜出去，她還是要找父親當面對質。

莎芙倫用力地叩了父母的房門，敲門聲急速、響亮。

「爸爸，是我。」

她並沒有把聲音壓得很低，即使對方睡著也應該會聽得到。

房門僅被拉開了一點，多恩的臉在門縫後出現。雖然他的臉有大半也被房門遮掩，但還是能看見他不單緊皺著眉，面部肌肉也在不自然地抽搐，牙關則是緊緊咬著，使得頸部經絡也隆了起來。

「這麼晚了，有甚麼事嗎？」多恩說得十分慢，聲音嘶啞。

「爸爸，有件事我必須問清楚你的，現在就要確認。」莎芙倫堅定地說。

「好吧，你等我一下，我們去客廳吧，你媽睡得很熟，別吵著她。」

多恩連半句也沒多問，便轉身關上房門。莎芙倫能聽見房間內有沉重而緩慢的移動聲，有甚麼東西被搬動著，也有衣櫃門打開的聲音。隔了一會多恩就打開門出來，他身上多披了一件外套。

多恩走得很慢，邊走邊用手扶在牆上來保持平衡，莎芙倫跟在多恩身後來到客廳，雖然沒有亮起電燈，但她也能明顯察覺到父親的異常，可是這刻她的心思已被疑惑和憤怒所佔據，毫無空間去關心多恩的狀況。

多恩抖震著坐到沙發之上，同一時間，莎芙倫便已忍不住開口。

「爸爸，我剛才外出了。我去了和一個叫克里斯．特伯的人見面，就是我跟你說過和利索特有關係的人。」

多恩沒有回話，他只是緊緊地閉上了眼，表現得比剛才還更痛苦。莎芙倫也不等他作出任何反應就直接丟出她的質問。

「你瞞著我和媽媽在幹甚麼了？」

「甚麼？」

「特伯已經和盤托出了，他們那一伙人已經知道所有關於媽媽的事，就是利索特，還有那個叫格里芬的神秘學家。他還說你也是他們的一份子，協助他們進行計劃。」

「慢著，雪芙，」多恩的唇顫抖：「你聽我說——」

「那你是承認了嗎？跟他們一伙這回事。」

「那是因為我打算——」

「不要狡辯了！」莎芙倫禁不住高聲呼喊：「我可是知道你們要幹甚麼的，特伯全都說了！」

「那你應該明白才對——」

「怎可能會明白？你說我怎可能會明白？她可是我的媽媽，你的妻子。」

「所以我才不惜一切，為的只是希望往後的日子可以過得更好啊。」

多恩終於還是為自己解釋了，但這卻使莎芙倫更為憤怒。

「怎會過得更好？那有可能過得更好？」

「格里芬答應過的，以他的影響力和財力……」

「果然就是因為錢吧？」莎芙倫冷笑了一下：「說甚麼為了未來，那都是你的說法罷了，你一直都覺得我們母女倆是負累對吧？」

「你怎會這樣說的？」

「不是因為我和媽媽的話，你也不用這麼多年來一直飽受歧視，還得做著工時又長收入又少的工作，就連那麼一點點的工餘時間也得全部用來照顧我們。」

莎芙倫一直也知道多恩為這個家付出了很多，她完全不想相信有一天父親會遺棄她們。漆黑中那道從她眼眶下滑的淚痕特別耀眼，那正是她一直所仰賴的信念徹底倒塌的象徵。

而多恩，他只是空瞪著他滿佈紅筋的雙眼，緊咬著的唇也一直沒放鬆過，面對女兒這樣的指控，他除了整個人也在微微抽動之外，卻是連半句話也沒說得出來。

「你沒話說啊？」莎芙倫拼命地調整聲線來掩蓋她的哭泣：「那我也沒話跟你說了。」

說完，莎芙倫頭也不回便離開了家門，大門關上的巨響震撼了整個房子，在睡房內那位心碎的母親聽到，小客房內那位一直醒著的客人也聽到。

「讓我去和她談談吧。」平從房中出來，對多恩丟下了這句說話便隨莎芙倫而去。

而痛苦的父親只得獨自在昏暗的客廳中蜷縮著身體。

＊＊＊

當年照東在香港的生活過得並不怎樣，這時他的職業是廚師，不過這是環境差時間長的一種工作，而且除了少數頂尖而有名氣的名廚之外，廚師在香港根本不被視為一種專業，甚至只能算是低下層的工作。

偏偏那時候他還患了不治之症，先不說醫藥費，以他這種賺多少吃多少的生活方式，病假休養期間已花光了他所有積蓄，雖然後來奇蹟般地痊癒了，但同時他又得面對另一項莫大的挑戰。

他遇上了曾如，並決定和她一起生活。可是曾如既不懂說話，就連自行照顧自己的日常生活也有困難，生活的重擔當然落在照東一人身上。二人雖然事實上已是和普通夫妻無異，但因為種種原因他們並沒有辦理結婚手續，不能讓如正式成為自己的妻子，一直讓照東耿耿於懷，對於從小受中國文化影響的他來說，名分非常重要。

後來如懷孕了，照東非常擔心如的身體狀況和寶寶的健康，可是他卻不敢帶如去一般醫院接受產前檢查，只能找一些黑市婦科醫生幫忙。

「放心吧，媽媽和寶寶也很健康。」楊坤對照東說。

楊坤從事這一行業已差不多三十年，他明白有很多人有著各種不能明言的原因，也有不同的需要，在這幾十年間他自問是幫助了不少人，解決了很多沒法用其他手段去處理的問題。

「不過我得提醒你，懷孕已經有十八週，如果要終止懷孕的話，得快點決定了。」

「不是的，醫生，我們希望生下來的。」照東立即解釋，曾如也用力地點著頭。

「你太太是新移民嗎？偷渡來港的？」

面對楊坤如此直接的問題，照東一時也不知該怎樣說明。楊坤看著這對年輕人，男的最多也就二十出頭，女孩看來就十來歲，他看過不少像這樣的年青男女，便深深嘆了一口氣。

「你們想把孩子生下來，但之後呢？」楊坤不得不說教起來：「把孩子藏起來嗎？但他還是會長大的，也要上學的，那都怎麼辦了？」

照東答不出話，只得默默地低著頭。

「這樣吧，假如你們真的下定了決心，」楊坤在桌上拿了張便條紙，寫了幾個字：「有些問題是必須要解決的，試試找這個人幫忙吧。」

照東接下了紙條，上面寫著樊先生三個字，還有一組電話號碼。

「但是，我手頭並不充裕，」照東結結巴巴地說：「這些事都要花大錢對吧？」

「那你得自己想辦法了，」楊坤說：「假如你是決心要當父親的話，照顧好妻兒的生活就是你的責任。」

照東心裡也明白楊坤說的都很正確，只得默默收起楊坤給他的紙條。

離開那間陰暗狹小的診所後，照東滿腦子都是楊坤說的話，孩子出生後要怎麼辦，如何才能讓妻子和孩子生活得幸福快樂，所以他並沒有注意到暗暗跟在他和曾如身後那幾個心懷不軌的人。

就在他們剛轉入小巷，那幾個男人便從後衝上，其中一人一下子把照東推倒在地上，其餘兩人則掩著曾如的嘴使她喊不出聲，接著已是拉著她打算轉身就走。曾如是個孕婦，雖然未至於腹大便便，但她是絕對敵不過兩個男子的，所以她只有作出徒然的掙扎。

照東看著妻子就要被擄走，也顧不得身上的痛楚，奮力地從地上爬起來。

「你們幹甚麼？不要傷害她。」照東呼喊著。

但那三個施襲者當然不會理會他，旁邊個人順手在垃圾堆中找來了一把破椅子，高舉著便朝照東的頭狠狠敲下去。椅子應聲碎裂，照東頭上的鮮血也汩汩地流個不停。

看見照東受傷，曾如也歇斯底里起來，她想要放聲尖叫，但口鼻仍是被掩著，雙手如何用力也無法掙脫抓著她的男人。照東拼了命似的撲上來，他用盡全力拉住抓著他妻子的其中一隻手臂，想要把如從那二人手中救出。但這反而讓在旁的那人抓到空隙，他以手上殘留下來的椅腳不斷的重擊照東的後腦，那隻手一直起起落落，直到木椅腳變成了深紅色，照東面朝下地躺在地上，再沒有任何動作。

「死了嗎？」

「應該可以了。」那人拋下了紅色的椅腳，還踢了踢地上一動不動的照東：「帶她走吧。」

「要和姓杜那傢伙說一聲嗎？」

「等下才——」

那幾個施襲者還沒能說完他們的話，已被眼前的景象嚇得發不出任何聲響。渾身是血的照東，竟然又再次站了起來，阻擋了他們的去路。

「你不是……這怎麼可能……」

照東像發了狂般拉開脅持著如的其中一人，同時以頭狠狠擊在掩著如的口那個人臉上，那個人頓時滿臉血污，但那其實都是照東的血。

照東立刻擋在曾如前面，以身體保護著她。三個襲擊者看著渾身是血，但雙眼卻充滿怒火的照東，也被嚇得落荒而逃。

後巷內的曾如被嚇得哭泣著，當然照東也一樣，然而真正令他懼怕的是那三人的話，這並不是單純的搶劫傷人，而是有特定目標的擄人襲擊。

照東下定了決心，他慢慢地拿出了楊坤給他的紙條，細細地唸著上面的字和電話號碼。

9 傳承

高跟鞋一下接一下敲在地板上，聲音在這條封閉的走廊之上格外響亮，讓茱莉亞的煩躁又再提升了一個級別。

「也許暫時都不再穿高跟鞋了。」茱莉亞的每一步都比前一步走得更重更快：「今天之後都不再穿了。」

事實上，讓茱莉亞心煩的並不是高跟鞋聲，而是十分鐘前的偶遇。

「茱莉亞，茱莉亞．沃克。」

剛離開升降機，茱莉亞便被人叫住，回頭一看，竟然是那個法醫莫里斯．霍柏，就是他讓茱莉亞去委託JM調查艾歷克失蹤的事。會在這兒遇見他也不是甚麼令人意外的事，畢竟茱莉亞也知道這兒是他工作的醫院。

那個男人穿著白大褂，笑著向自己走過來。

「你好，怎麼會在這兒遇到你的？」莫里斯似乎顯得很高興，他一點都沒有察覺茱莉亞忐忑的心情。

「看你氣息還算不錯，應該不是生病才來醫院吧。」莫里斯打趣地說：「怎樣，最近生活可好？」

但莫里斯完全猜錯了，他根本就不知道茱莉亞在臉上塗了多少東西才讓自己看起來比較好一點。不過他的慰問只是出於友善，茱莉亞還是感覺得出來。

茱莉亞禮貌地微笑：「還可以，謝謝你。」

「對於我這種職業的人，在工作的地方看見熟人還真的不知是開心還是擔心才好，你也知道嘛，總會讓人想很多。」莫里斯還在侃侃而談：「噢，難不成你是來探詹姆斯的？」

「詹姆斯？」

「對了，他總愛讓人叫他JM。」

茱莉亞的臉色一沉，不過莫里斯並沒有注意到。

「上次你跟我說的那件事怎樣了？最後你有去找他幫忙對吧？我是說JM。」

「算是有吧。」茱莉亞皺了皺眉：「他住院了嗎？」

「對啊，就昨晚，他在金絲雀碼頭受傷了。」

金絲雀碼頭這個地點讓茱莉亞有些印象，她記得JM有提起過這個地方。不過話又說回來，當時她已經清楚地表明終止委託，讓他不要再調查的，那他又為甚麼會在那地方，還受傷了？

「原來你不知道他住院了嗎？我還以為他是處理你的委託時受傷啦。」

「他這樣說嗎？」

「沒有，只是他在跟別人談話時，我聽見他有提起過艾歷克的名字，我才這樣子瞎猜的。」莫里斯有點尷尬：「不過他這個人對工作太認真了，很多時一頭栽進案件中就甚麼都不理，我才會以為他是因為工作才受傷啦。」

他對工作認真？這和茱莉亞的印象完全相反。

「或許你可以去跟他聊聊啊。不是剛好嗎？他就在樓上的病房，而且現在也碰巧是探病時間。」

正是莫里斯這樣的提議，茱莉亞才走在這條通往病房的走廊之上。她就是要看看這個不可一世的傢伙狼狽的樣子，然後再鄭重地警告他不要再拿艾歷克的事當作好玩的遊戲，她的確是這樣想的，她連要用甚麼句子去揶揄他也想好了。

狠辣的字句充滿了茱莉亞的腦海，讓她忘記了應該要先敲敲才打開別人的房門。

「這兒可是醫院，你少抽一根就不行嗎？」

「你少管我。」

茱莉亞在打開病房門後，才發現JM的病房中還有另一個來訪者，是個留著黑色鬈髮的男生。突然出現在門後的茱莉亞讓二人吃了一驚，對話中斷了，房中維持了一段沉默。

「這位是沃克太太，艾歷克．沃克的妻子。」

最後還是JM先開口，他還擠熄了手中剛點上的香煙。

「這是路爾斯，是我的朋友。」

路爾斯看著茱莉亞，呆了幾秒後才反應過來：「你好。請進來啊。」

茱莉亞也上下打量了路爾斯，在她看來，路爾斯不過就是個純真的小男生，他還為茱莉亞拉來了椅子，教養也算不錯，實在想不出為甚麼他會和JM這種人混在一起。

「所以，有甚麼事嗎？」

病床上的JM看起來的確沒那麼氣勢凌人了。他今天沒有造作地把瀏海向後梳起，頭上纏著的繃帶讓他看起來有點悲慘的感覺，寬鬆的病人服使身型本來就不高大的他顯得更加瘦小。

「還是莫里斯讓你來找我的？」

茱莉亞就是最討厭他這種自作聰明，以為自己能看穿一切的態度。他憑甚麼去猜度別人的行為了？

「不是。」茱莉亞果斷否認，卻隨即就因為臨時想不出一個來訪的藉口而語塞。

誰也沒有答話，連JM也沒有拆穿她的謊言。

「要吃蘋果嗎？哈哈。」路爾斯終於受不了沉默的空氣，他為茱莉亞遞上了水果。

茱莉亞拿了其中一片，但她卻沒有吃，只是順勢開始了她的發言：「聽說你在金絲雀碼頭受傷了，我要確認一下，這和艾歷克的事沒有關係吧？」

「你來就是為了要說這件事嗎？」

「沒錯，」茱莉亞還特別提高了語調：「我告訴你，委託已經完結了，艾歷克的事用不著你管。」

「但這不再單是沃克先生的事了，」一旁的路爾斯插了嘴：「還有其他被害者。」

「怎樣也好，總之別再亂搞了。」茱莉亞已經控制不了自己的情緒：「你不是說他死了啊？無論怎樣他也不會再回來了吧，那就別再拿他做故事了好嗎？」

「這樣你接受得了嗎？你丈夫現在大概在泰晤士河底，是甚麼讓他落得如此下場，你就不想知道嗎？」JM反問著：「真相，對你來說不重要嗎？」

真相重要嗎？茱莉亞只感到腹部一陣翻動。自從JM上次到訪她的家，告訴她艾歷克已經不在人世那天起，她便完全不敢看新聞，連電話也不敢接，就怕會發現甚麼她不想接受的消息。

不過，她這一輩子也要這樣過嗎？

「你說得沒錯，你的委託已經完了，現在這件事都是我擅自要調查的。」JM說：「請原諒我的執著，抱歉。」

茱莉亞的眼眶紅了，她別過臉，拼了所有力氣才不讓淚水掉下。

「原諒你？我哪有資格了，不是嗎？大偵探。」

「那我改一改字眼吧，」JM卻直視著茱莉亞：「請你幫助我。」

「他的手提電腦裡面，一定有重要的線索。」

JM說得如此肯定，茱莉亞也差點就這樣相信了他。但手機低頻的震動聲中斷了茱莉亞的思緒，是JM的手機。

「嘿，是位稀客呢。」JM看了看螢幕，便按下了接聽鍵：「你好，亞佛烈德。」

「很好，等很久了，我馬上到。」

簡短得很的通話過後JM立即轉向路爾斯：「我要外出，我的車肯定不在這兒，你來載我吧。」

「亞佛烈德說甚麼了？」

「寶藏找到了，」JM的雙眼閃著興奮的光芒：「就是泰晤士河底下的寶藏。」

「真的嗎？那我去取車，等下在正門見。」

「慢著，你們這是……？」只有茱莉亞在狀況之外。

「你也在，這就正好了。」JM極力收起他的雀躍，換上一副相對嚴肅的神情：「女士，艾歷克．沃克的遺體找到了，我們這就要去現場。」

「但……？這……？不對。」茱莉亞仍未能理解：「你不是病人嗎？怎可以離開醫院的？」

「有甚麼不可以了？」路爾斯笑著説，還眨了個單眼。

JM飛快地跳了下床，邊在衣櫃拿出衣服邊説：「你跟我們一起去好了，省了找親屬認屍的時間。路爾斯你和她一起去拿車吧。」

「OK。」路爾斯轉而催促著茱莉亞：「別發呆了，趕快啊。」

「不對，還得先打個電話給莫里斯。」JM又隨即拿出手機：「嗨，兄弟，我有事要外出一下……嗯……嗯……你就知道嘛……」

最後茱莉亞只有看見JM通電話的背影，路爾斯已拉著她離開了那病房。

＊＊＊

茱莉亞的心情實在太複雜，連她自己也不知該如何形容。她非常害怕，也對未來充滿了不安，畢竟她最不能面對的，就是她本打算相守一生的丈夫已經永遠離她而去。她覺得她應該會哭得不成聲，或者因刺激過度而昏過去，但始終也沒有，因為路爾斯拼了老命似的踏著油門，車速太快，那種離心力讓她無法專注在她那些龐大的負面情緒之上，看著副駕駛座上，JM那個興奮得神采飛揚的樣子，茱莉亞理應因此生氣的，但事實上卻不知為何覺得這樣的他反而有點耀眼。

車程中JM一直試著要把瀏海往後梳的動作也被茱莉亞看在眼裡，她無法理解他為甚麼對頭髮這麼執著，最後他終於成功梳理出他平日的那個髮型時，茱莉亞也噗的一聲笑了，她實在不明白為甚麼在這種時候，自己竟然還笑得出來。

車子在急煞後停下，JM和路爾斯也馬上跳下車廂大步邁向河堤，茱莉亞小跑著才勉強跟得上。在他們前方拉起了警察用的封鎖膠帶，也已有不少警察在忙碌著，令茱莉亞最注目的，當然就是封鎖線後方被黑色膠布遮蓋的位置。

警方的負責人看見三人，便立刻前來打招呼，那張充滿皺褶的胖臉和那個閃著油光的禿頭茱莉亞絕對認得，正是負責調查艾歷克失蹤的亨利．湯普森。不過他現在那恭敬的笑容，和茱莉亞記憶中那副不理不睬的嘴臉卻是大為不同。

「太好呢，你來了。」湯普森向JM伸出了右手。

JM只是瞄了他一眼，連腳步也沒有停下來，直往他的目標走。

「這次還是靠你提供的線索才破案呢。」湯普森也只好跟上他：「安傑爾警司有交代過要我好好調查這單案件，所以現在我們會——」

「這是我的朋友路爾斯。還有，我連家屬都已經帶過來了，茱莉亞．沃克太太你認得吧？」

「當然，當然。」

「很好，那在看屍體之前我想先和打撈的人員談談，湯普森先生，請帶路吧。」

「路爾斯，你先和沃克太太到那邊坐一下。」JM轉過頭叮囑著：「你照顧好她啊。」

JM和湯普森逐漸遠去，茱莉亞則隨路爾斯走到封鎖線旁的石堤上，路爾斯一個箭步已邁了上去，但茱莉亞的高跟鞋卻令她難於前行。路爾斯見狀便伸手拉了她一把，二人這才一同坐下。在這個位置能把整個封鎖區都收於眼底，中央那隆起的黑膠布，各組分別執行著不同工作的警員，當然還有JM和跟在他身後的湯普森，他們正在另一側和一些工人打扮的人們談話。

茱莉亞不敢讓自己有空去想象那隆起的黑膠布之下的景象，於是她便索性把注意力都放在JM身上。雖然太遠聽不到對話內容，但她還是能看見JM詳細地查問了每一個工人，有時他會自己沉默著，有時則會拿出筆記本記下些甚麼，也會重複和已經談過的對象再次說話，甚至是三次、四次，不厭其煩地。

「你是他的助手嗎？」茱莉亞邊看著遠方的JM邊說。

「我嗎？」路爾斯呆了一下才意識到茱莉亞在問自己：「還不算是呢。」

「你認識他很久了嗎？」

「也不算，才一年左右。」

「那我比你久得多。」茱莉亞頓了一下才說：「不過我應該不算認識他。他以前不是這樣的。」

「對啊，我認識他的時候，他也不是這樣的。」

「他改變了嗎？」

「嘛，我不太清楚，但我想不是。」路爾斯說：「只是有沒有翻過那座名為JM的圍牆的分別啦。」

「那你肯定是翻過了吧，牆後面的風景怎樣？」

「嘛……還不錯吧。」路爾斯爽朗地笑著：「不過他很惹人討厭這點可是一樣的啊。」

「對了，你知道他高中時的那件事嗎？就是雪樂爾．荷姆斯的事件。」

「欸？甚麼？」

「原來不知道嗎？那沒事了。」

「那是誰啊？女生嗎？」

路爾斯還想追問，JM已經和湯普森來到二人所坐的石堤之下。

「沃克太太，請跟我來，我們現在要去看屍體了。」JM向他們喊著。

茱莉亞深呼吸了一口，這個時候終於還是來了，她鼓起勇氣，毅然站了起來。

一行四人走向了封鎖區的最中央，JM一直走在最前，旁人看來的話肯定不會知道他身後的湯普森才是真正的負責人。直至來到黑色膠布旁，警員為JM和湯普森遞上膠手套時，茱莉亞看著JM皺著眉揉著前額，這才想起他好歹也算是個傷患。

JM接下手套便立即戴上，並俯身把黑膠布掀開，那根本不知道還可不可以稱為屍體的東西便同時映進茱莉亞眼中。

由於在水中泡了很久，那團呈現著死灰色的東西已經腫脹不堪，儘管一月的河水很冷，但頭部的軟組織還是無可避免地腐化脱落，根本無法辨認出五官，整個屍體表面滿佈著大大小小像是被嚙咬的痕跡，有些地方甚至露出了白骨。

茱莉亞根本無法完成她來這兒最主要的任務，也就是辨認屍體身份，這並不是因為屍體狀況太差，而是她的視線早已全被眼淚模糊。但不用細看，她就是知道躺在這兒的不是別人，正是她的丈夫，只是她無法開口説出一個字，她的唇不受控制地震動，她的喉嚨也收縮得無法發出聲音。

「初步看來是艾歷克．沃克沒錯。」冷靜得可怕的聲線來自JM。

JM以戴著手套的手翻動著屍體：「身上殘留的衣物、飾物等都符合最後的目擊描述。」JM的視線最後停在那腫脹的肢體上，套著的某個金屬製圓環。就在他正要仔細檢查的時候，那圓環卻突然從屍身上滑了下來，落入JM手中。這個現象實在不尋常，要從腫脹的屍體上取下飾物，一向都並不是甚麼容易的事。

茱莉亞看見JM慎重地從懷中取出一個青銅放大鏡，手柄上刻著S.H.的字樣。JM正透過放大鏡觀察著那枚圓環，正面，側面，還有內側。

「沃克太太，我想你得看看這個。」

JM讓茱莉亞看了放大鏡底下的圓環內側，那兒清楚刻了一行文字：

「JE20160318」

正和茱莉亞一直戴在手上的鑽戒內側所刻的字樣完全相同。

到此刻，茱莉亞終於崩潰了。

10 化身

照東確實在鬼門關走了一趟回來。

那件事已經過了幾年，雖然照東還留著當年的剪報，但因為太多人指責他們說謊，現在連他自己也搞不清楚當晚的事，到底是真實還是幻覺。當年杜強因為已經向各個渠道發放了消息，但最後卻空手而回，所以他一直受輿論追擊，甚至被逼得瀕臨發瘋。照東這個背叛者就當然不能繼續在杜強的漁船上出現，甚至連陽平也和他斷了聯繫。

照東並沒有其他家人或朋友，獨自生活雖然不容易，但咬緊牙關還是撐得過去的。照東覺得這也算是一個好機會，去讓他改變他的生活，反正捕魚在香港就是夕陽行業，而他自己也一直討厭作為漁夫那種一切也得聽天由命，不能自主的生活方式。於是他離開了大海，就像一般城市人一樣，上班下班，為自己的人生打拼。

可是就在一切漸入佳境的時候，傳來了一個令人絕望的噩耗。

照東被診斷出患上甲狀腺癌，而且已經擴散到呼吸系統。他沒有選擇接受手術，因為他根本負擔不起龐大的醫療費用。照東覺得自己對生命已沒有甚麼執著，就這樣走到盡頭的話，也沒甚麼大不了，反正自己已經沒有甚麼牽掛。唯獨是回憶中那個破曉的畫面，初昇的旭日仍是那麼耀眼。

她卻突然出現，就在照東的病房之內。

是她。和當年比起來，她已經長大不少，就和一般十六七歲的少女無異。她穿著水藍色的連身裙，還帶著個午餐盒，看來就像是為了探病而來訪的家屬那樣。唯一相同的是她的笑容，還是和照東的記憶中一樣溫暖，讓他一眼就認得出來。

病榻上的照東沒辦法想得出她為何會出現，有一瞬間甚至以為她就是來接自己離開的。

這也不錯啊。這樣想著的照東無力地擠出了一絲笑容。

而她卻一句話也沒有說，只是拿出了紙筆寫了幾筆，放在照東面前。

如。上面只有一個字，照東立即就知道她要說甚麼。

照東很想叫叫她的名字，於是他用盡了全身的力氣把口張開，可是他的喉嚨早已被癌細胞侵佔，根本發不出聲來。看著這樣的照東，她的笑容淡去，眉頭緊皺著，即使當時在困境中那個年幼的她，也不曾露出過這種表情。

她仍是沒說話，只是急急打開了手中的午餐盒，便把裡面的東西放進照東口中。照東不太知道那是甚麼，有點像是生魚片，但那種鮮甜度和一般魚類完全不是同一個層次的，即使是自幼開始捕魚的他，也從沒吃過這種新鮮。

那片肉在照東口中慢慢融化，鮮味卻是縈繞不去，充滿著他的口腔，漸漸地，他覺得連胃部也是暖洋洋的，濃烈的睡意隨即湧上來，眼皮也重得不得了。

到照東再次醒來時，她當然已經不在。根據醫生的說法，照東昏睡了幾天，當他們認為照東已經不行的時候，卻發現癌細胞擴散有受控的跡象，有部份組織甚至在自行修復中，換句話說就是有痊癒的可能。

所以，今天的他，竟然還可以靠自己的力量步出醫院。

但照東卻猶豫著，心裡總覺得有甚麼原因，讓他不該就這樣離開醫院的。

公共小巴就停在照東面前，車門都已經打開了很久，車上的乘客也都催促著車門前的照東，但他的眼睛卻似乎還在尋找著甚麼。

突然一抹水藍色映進了照東的眼中。

「阿如！」

照東立即轉身，邊高聲喊著邊向著那抹水藍色的方向狂奔。他拼盡了全身氣力，他的感覺就和當日在甲板上看著她轉頭對自己微笑時完全一樣，這次之後，照東可以肯定自己再也不會見到她，他連一聲謝謝也還沒跟她說過。

「阿如！」

果然是她，烏黑流麗的長髮，水盈盈的大眼睛，還有水藍色的連衣裙，她就站在路的另一邊，微笑著，像陽光一樣溫暖。

「阿如！」

照東終於跑到她的身邊，她笑著，聽著照東一次次喊著她的名字。但他卻喘著氣，一時間說不出甚麼來，只得直接拉著她的手。

「阿如，不要走了，留下來好嗎？留在我身邊。」

她卻竟然，笑著，點了頭。

＊＊＊

斜陽透過玻璃窗灑落在窗邊的小圓桌上，使得桌上煙灰缸內堆起的小雪山染成金色，就連旁邊那台手提電腦也泛著金光似的。JM坐在旁邊的沙發上，當天他也是在這個位置接下茱莉亞的委託。不過這兒是JM的會客室，並不是他處理文書工作的地方，而他面前的手提電腦也不屬於他的，那是屬於艾歷克．沃克的。

「這並不是我的決定，是他。」茱莉亞把電腦交給他時是這樣説的：「是他要我把這台電腦交給你的。」

當JM打開電腦，螢幕上出現了輸入密碼的畫面時，JM才明白到茱莉亞這句話的意思。於是他便輸入了兩個英文字母和一組八位數字，綠色的圖標表示密碼正確。

JM花了一整天的時間調查電腦裡的資料，主要是某項研究報告，明顯這就是艾歷克．沃克身亡前一直埋首著的東西，也是露茜．利索特和他的關聯點，這樣推算的話，也可以想是香港移民那一家人所保守著的秘密。

報告的內容的確是十分驚人，就連已經多次與超自然力量接觸過的JM都覺得實在不可思議，假如把內容公開的話，絕對足以顛覆整個人類社會，所以如果是為了要保住這樣的一個秘密的話，要殺死某些人也不是不能理解。

JM搖了搖頭清空著思緒，他覺得自己也許是太累了，便把身體放鬆地靠到沙發背上，閉起雙眼嘗試讓自己的腦袋休息一下。

門鈴卻在此時不識趣地響起，這個時間並沒有定過和任何人見面的約定，而且也不是小少爺，JM不能從理性推斷來訪者是誰，就只有一絲湧起的預感驅使著他趕快應門。門後的女孩束著黑色高馬尾，別著紫色的小花髮夾，身上還散發著一般人不會看得見的幻彩光暈。

「嗨，偵探先生。」莎芙倫盡力擠起了笑容：「我要進行委託呢。」

「我不接受。」

「為甚麼？你連委託內容也未知道啊。」

「我不接受來路不明者的委託。」

「甚麼來路不明者？你明明知道我是誰啊，你不是把我的事都調查過了嗎？」

「可是你還有秘密吧。」JM不帶表情地凝視著莎芙倫：「必須要保守的秘密。」

莎芙倫咬了咬牙，頭也低了下來：「你說得沒錯，而我正打算用這個秘密，作為這次委託的報酬。」

JM看了看莎芙倫，才往屋內退了一步：「那先讓我聽聽委託內容和報酬是否相符，才決定吧。」

於是莎芙倫跟在JM身後，經過了客廳中央的長沙發，來到窗戶旁的小圓桌前，坐到了JM對面的客席之上。

「那我先從我需要委託的事說起吧。」莎芙倫慢慢地說：「你知道梅爾文．格里芬吧，他手上持有某份文件，當中的內容絕對不能讓人知道，所以我希望你能幫我銷毀這份文件。」

「破壞別人的財物是犯罪。」JM掏出了香煙點上：「我只是個偵探，可不是罪犯。」

「但如果那是他以非法手段獲得的呢？根本不能算是他的財物對吧？」

JM沒就莎芙倫的話作出回應，他只是吸了一口煙。

「他以這份文件，對我和我的家人作出威脅。」

「文件的內容是甚麼？」

「是一份調查報告。」莎芙倫說：「你可以看成是我接下來所說的話的證明。」

「就是你說的報酬吧？」

「嗯。」莎芙倫的眼神放向遠方：「記得我說過的盧亭嗎？就是香港本土的神話故事。」

「傳說盧亭是一種居於海中的半人半魚生物，他們不會說人話，只會微笑，也不會傷害人類，還會用漁獲跟岸上的漁民交換食物，但人類還是把他們當成怪物。」

「但實情是，盧亭只不過是原本居於南方的水上人，他們因外表跟從北方來的岸上人有點差別，而且也不懂北方人的言語，就被誇張醜化成怪物，也順理成章地把捕捉他們，欺負他們這種事正當化，情況大約就和現在仍然存在的種族歧視差不多。這就是神話的真相了，那是某些人為了保障自己的利益，貶低他人而編造出來的故事。」

「而我媽媽，她就是盧亭人，這就是我要說的秘密了。」

「聽你這麼說，你主張盧亭是人類吧？」JM緩緩地呼出一口白煙：「那麼這些東西，你看要怎樣理解？」

說著，JM打開了桌上的手提電腦，叫出了他研究了一整天的那些文章和資料，便把電腦轉到莎芙倫面前。

「這……這是……？」莎芙倫移動著游標，快速掃視了上面顯示著的內容。

「這是艾歷克・沃克的研究報告，沒猜錯的話，這就是你所說那些不能公開的內容，格里芬手上的文件，就是這一份了。」

莎芙倫呆著，她還不知道該回應甚麼，JM已經又再繼續他的話。

「以我所知，住在海中的類人種族叫作深潛者，他們看似不懂人言，但實際上是永生不死的高智慧生物，而達貢則是深潛者所信奉的神。所以……」

JM雖然一副輕描淡寫的樣子說著，但他的視線卻是如沉重的磐石一樣壓在莎芙倫身上，絲毫沒移動過。

「你們一家和達貢有甚麼關係？艾歷克．沃克是你們所殺的嗎？」

「好吧，我承認我和媽媽也不算是普通人類。」莎芙倫對JM回以堅定的目光：「但我們沒有害人，也沒有信奉甚麼怪物或神明，我們和你稱為達貢的那東西完全沒有關係。」

JM依然盯著自己，那種目光就像某種猛禽從高空盯著獵物那樣，老鷹並不貼切，那感覺比老鷹更不詳、狡詐。

「因為我從克里斯．特伯那兒知道我爸爸和格里芬好像有甚麼關連，但我去問他時他卻甚麼也不說。」莎芙倫只得繼續解釋：「還是平叔叔，他叫我直接去找格里芬問清楚。」

「平叔叔？」

「對，他應該是我爸爸多年的朋友，說是從香港來看我們，現在就住在我家。」

「在這個關節眼？」

「對啊。」

猛禽仍然盯著牠的獵物，卻不出手，就像在等待垂死的獵物斷氣，自行腐化後才啄食。全黑的大鳥，機警多疑且富侵略性，還擁有一流智商。

對了，是烏鴉。

「你不相信我，對吧。」莎芙倫索性直接說出來。

「是，但也不是。」JM說。

「因為我媽是怪物，我是雜種，所以我們就一定會傷害你們人類，對嗎？」

「別緊張，我可沒這樣說過。」JM把煙灰彈落在小圓桌上的煙灰缸裡：「那麼克里斯·特伯的屍體到底怎麼了？」

「我也不太清楚，有個人，他姓樊，他叫我不用擔心，我想是他處理了。」

「樊？」

「對，他和我們一家有點淵源。他大概是從事走私或是人口偷渡之類不法事業的，這樣說你明白了吧。」

「好吧，我是可以幫你的，不過在那之前，」JM擠熄了手上的煙蒂：「你先聽聽我的想法吧。」

莎芙倫當然注意到JM所使用的字眼，是幫助，不是接受委託。

「抱歉，說了這麼久，也忘了問你要喝些甚麼。咖啡可以嗎？」

也不等莎芙倫回答，JM卻像對空氣說：「兩杯咖啡拜託。」

莎芙倫立即想起第一次看見達貢的那個晚上，JM也是這樣自言自語著，當時還以為他是因為低溫症冷得腦袋有點失常。

「首先我要向你坦白，」JM又轉回向莎芙倫說：「你不是普通人類這件事，我一早就知道了。」

「簡單來說，我有一種特別的視力，能夠看穿有違一般常理的東西，你是其中之一，這世界中不為人知的力量可多得連你想也沒想過。」

「甚麼？」莎芙倫一時間沒能接受JM的話，她一直也覺得自己是孤獨的存在。

「不用想得太複雜，你把我當成是和你們一樣，帶著秘密的人就好。」JM似乎在笑著：「反正我想，怎麼說我也已經不能算是正常人類了。」

莎芙倫還在呆著，她的腦海不能自已地構成著烏鴉怪物的造型，一身黑的鳥頭人身，狡詐的眼神看來總像是在打甚麼不好的主意，說話又不著邊際，彷彿每一句話也是設好的陷阱，等獵物自己掉下去那樣。

想著想著，莎芙倫不自覺地皺起了眉頭。

JM翻了個白眼：「算了，還是說回這件事吧。」

「你剛才說格里芬在威脅你的家人，然而這個內容公開出來的話一定會很震撼，而且他還是神秘學這方面的名人，由他來宣布的話，無論是名氣上還是金錢上，也必定可以為他帶來可觀的利益，但他並沒有公開，而是選擇拿來威脅你們，可想而知你們一家可以給他的好處，肯定比公開這份報告更吸引。」

「可是我家沒甚麼錢，也沒甚麼能提供給他啊。」

「不對，你們有，正確來說就是你媽媽，原因就在這份報告中。」JM繼續說：「但獨佔的話，才能顯出這個秘密真正的價值，所以有些知道太多的人就必須處理了，例如艾歷克．沃克。」

「還有露茜．利索特。」

「你說得對。」

「那麼說，那二人是格里芬所殺的嗎？達貢是格里芬嗎？」

「你這兒有兩個問題啊。第一，格里芬不是自己動的手，他有可以利用的對象。第二，達貢不是格里芬，原因有二。」JM舉起了右手的食指：「首先是克里斯．特伯的死，根據你的說法，特伯是格里芬的盟友，但達貢卻殺了他。達貢動殺機的原因，在我看來，是為了保護某個突然被襲擊的人。」

「其次，」JM舉起了中指示意著這是第二個原因：「這是最有力的理由，達貢知道我的名字，所以他一定不是格里芬。」

「根據我的觀察，那魚頭人身的怪物並不是本體，真正的殺人犯，就是我們稱的達貢，他躲在我們所不見之處，透過怪物身旁那個黃色的發光體控制著怪物行兇。而達貢的真正身份，我一直鎖定了兩個特定的人物。」

「其中一個，」JM的手由舉起，轉為指向莎芙倫：「當然就是你了。」

「慢著，我並沒有說謊……」

「不過你的嫌疑剛才已經澄清了，」JM把手收回：「如果你是達貢的話，也不用跑來這兒要我幫你銷毀報告，還把秘密告訴我吧。」

「那你這麼說……你難道是指……」莎芙倫結巴著，她不能把她的所想化成言語說出口。

「不先喝杯咖啡嗎？」JM卻突然站了起來：「已經準備好了。」

果然在客廳另一則的吧台上，不知何時已放了兩杯熱咖啡。JM已徑自走到吧台旁邊，剩下莎芙倫獨個兒在夕陽的光線下，思考著JM剛才的說話，也就是達貢的正體。

「那你現在有甚麼打算？」莎芙倫低著頭。

「其實你沒有來的話，我也會接觸他的了，路爾斯正幫我監視他。」這時JM的手機響了：「真是說到魔鬼呢。」

「嗨，路爾斯，有甚麼發現嗎？」JM按下通話鍵，他期待著路爾斯跳脫的聲音大概又不知要說甚麼無聊話。

「你朋友在我手上。」但電話傳來的卻是沙啞難辨的聲音：「立刻把你手上的報告帶來。」

通話就這樣被掛斷，JM無力地垂下了手，手機直接掉落在地面之上。

11 泡沫

路爾斯看著那位紳士步入了他監視著的大樓，那身筆挺的西服，還有向後梳的銀灰色頭髮讓路爾斯馬上認出了他。

「那不是JM說的梅爾文．格里芬嗎？大事不好了。」

路爾斯的思想雖然是比較單純，但相對地他的直覺卻很敏銳，這也是他一直自豪的特點。他擅自作了個決定，因為他相信自己的直覺，有甚麼就要發生了，現在必須要作出行動。

路爾斯從大樓外面的消防梯迅速爬到二樓的窗戶外。他聽到左邊的窗戶傳來談話聲，便小心翼翼地躲在窗邊，只稍稍探頭去窺視窗後的環境。從裝潢看來這是一個有點簡陋的客廳，單靠來自窗外黃昏的光線照明之下，客廳的無論是沙發、茶几還是餐桌都被染成一種感覺古舊的黃色。

而窗旁的沙發上正坐著路爾斯要找的兩個人物：多恩和梅爾文。從嚴肅的表情和對視的眼神看來，他們都正全神貫注在和對方的角力之上，因而並未發現窗旁窺視的路爾斯。

「那我也直說好了，」說話的是梅爾文：「其實我只希望獲得長生不死，只要達成這個條件，甚麼人魚或是怪物，我也是姑且可以不公開的。」

「那麼說，你之前說過會極力主張盧亭也是人類，那些只是用來騙我的廢話吧？」多恩看上去倒是很平靜。

「她真的不是人類啊，這點你也心知肚明吧。」梅爾文冷笑了一下。

「那麼露茜．利索特和艾歷克．沃克呢？」

「這我可沒騙你，他們是真的打算公開那份研究報告的。」

研究報告？路爾斯馬上想起JM現在應該正研究的那台電腦，裡面似乎也載有像是研究報告的檔案，正是為了調查那些資料，JM分身不暇，才讓路爾斯幫忙監視來自香港的一家人。

「而且利索特可是個惡德記者，天知道她會把你妻子寫成甚麼了，即使不是我要求，你也很有必要解決她嘛。」梅爾文邊說，還刻意地把繃緊的坐姿放鬆了一點。

「但沃克只是個普通的學者吧？」多恩低下了頭。

「那麼特伯也是無辜的啊。」梅爾文反而把身體向前傾，拉近了他和多恩之間的距離：

「這兩天我完全聯繫不到他，是你處理了他吧？」

面對梅爾文的質疑，多恩並沒有回應。

「假如你不是對他出了手的話，我也不會就這樣來和你談判，你要知道，我也是被迫的。」

「但我也可以既往不咎。」梅爾文繼續說：「特伯、利索特、沃克三條人命的事我可以絕口不提，只要你滿足我的要求，我甚至連這份東西也可以交給你處置。」

梅爾文從他的手提包中取出一大疊文件。

「這兒不單有艾歷克．沃克的調查結果，還有你之前患癌的醫療報告，這些東西消失了的話，你們一家人的秘密就得以保守下去。」

甚麼得以保守下去？這個人難道不會在獲得好處之後就反口嗎？窗外的路爾斯光是聽著就覺得火大，還不自覺地握緊了拳頭。

「但我還能相信你嗎？當初你也答應過可以幫我們一家人獲得正常的生活啊。」多恩終於開了口。

「我連手上的最後王牌也帶來了，你還不相信嗎？」梅爾文再度揚了揚他手中的文件：「還有就是，我得提醒你一下，我來之前有向其他人交代過我是來找你的，假如你對我不利的話，你也不會隱瞞得了，而且那三單命案恐怕也會一同曝光，你就算了，但你妻子和女兒會有甚麼下場，真是難以想象。」

「你就只希望長生不死，對嗎？」

多恩把頭垂得很低很低，路爾斯並不能看到他的表情。

「就是那樣，根據日本的傳說，吃了人魚肉可以使人長生不死。」梅爾文的嘴角的確上揚，但眼睛卻是沒有一點笑意：「你太太的肉，我只要一點就可以了。」

「不是，那是錯的。」多恩抿了抿嘴：「不是人魚肉可以使人長生不死，是另一個東西。」

「是甚麼？」

「我可以給你的，但你真的可以保證以後不再騷擾我們一家？」

「當然了，我的誠意你不是都看到了嗎？」

「好吧，你先在這兒等一下。」

多恩說完便站了起來離開客廳，很快就從路爾斯的視野中消失。

不是吧爸爸，你別要相信他啊。路爾斯在心內吶喊著，但現在他只能光著急而已。

沒幾分鐘，多恩就回到了客廳，他的手中捧著一個淡黃色、像是欖球般大小的東西，但那並不是欖核型，而是像雞蛋般的形狀，單從外觀看來可能是化石之類。

「你是神秘學者，那你一定知道達貢吧？」多恩把手中的黃色化石放到梅爾文面前。

「海神達貢嗎？就是舊約聖經有提及過的半魚神。」梅爾文的注意力已被那黃色的化石完全吸引：「這是……？這個東西……」

梅爾文雙眼注視著那化石，還不能自已地伸出手去撫摸那化石的表面。

「這到底是甚麼？這奇怪的觸感，不是普通的化石吧，我可以感受到當中有股力量。」梅爾文的雙眼閃耀著光彩：「這才是真正的秘密嗎？」

「對，這是我們一家的守護聖物，通過這聖卵，不但可以長生不死，還可以獲得超自然的力量。」多恩說：「你可以試試觸摸著它，進入冥想狀態，並想象著和海神達貢聯繫。」

其實在多恩還沒有說完之前，梅爾文已急不及待閉起雙眼。

日落時分天色轉暗得很快，單靠窗外陽光照明的客廳現在已經變得昏暗，這反而使那淡黃色的化石格外耀眼，光滑的表面完美地反射著室內已是不多的光線，像是本身就會發光似的，起初只是淡淡的光，但隨著梅爾文閉上眼，黃色的光芒顯得愈來愈強。

在那化石的黃光之下，路爾斯能看見客廳中央湧起了旋風型的霧。

這就是達貢的正體嗎？路爾斯心想。

霧的龍捲一直在擴張，就和路爾斯之前在金絲雀碼頭看過的情景完全一樣，只有一點不同，就是現在還有一陣像是笛鳴的聲響在嗡嗡的響個不停，路爾斯可以肯定之前並沒聽過這樣的鳴笛聲。

果然在霧氣散去之後，就出現了那藍綠色、魚頭人身的怪物，牠身旁還飄浮著一個黃色的發光體，現在路爾斯當然知道這發光體就是桌上化石的投影。梅爾文仍在沙發上閉著眼，看上去就和睡著了一樣，而多恩則只在一旁看著這一切發生。

「這是甚麼？我全身都感覺到力量。」那是個沙啞的聲音：「我成為了海神嗎？」

達貢伸出了自己的手仔細查看著。

「差不多是這樣了。」多恩說：「這樣你滿意了吧？」

「這實在太厲害了，你就是用這種力量處理了他們三人的。」

達貢顯得非常興奮，一會兒舉起手，一會兒踏著步，還揮了拳一下子就把旁邊的椅子擊得粉碎，這些舉動都被路爾斯看在眼裡，不單止，他還察覺到桌上黃色化石的變化。

昏暗的客廳中，最明亮的是達貢身旁的發光體，但相對最黑暗的，竟然是桌上的化石。其實那黃色卵型石就這樣放在桌上，並沒有受任何東西遮蔽，正常的話是會受到光，現在那種不自然的陰暗吸引了路爾斯的注意力。

籠罩在卵型石旁的黑暗一直在擴散，使得整個桌面都已在陰影之下。路爾斯看見從那片陰影中冒起了某些東西，像是一團團黑色的霧一樣向上升起，漂浮著的霧團之下還掛著許多細長的觸手，這東西本來是全黑的，突然卻張開了一對對金黃色，像是貓眼一般的大眼睛。

這些黑色水母般的東西慢慢飄到坐在沙發上的梅爾文身邊，並團團圍住了他。黑色的觸手開始纏住梅爾文的手、腳，然後是身體，脖子和頭。突然那些觸手竟然同時發力，硬生生把梅爾文的身體扯得四分五裂。

「這是甚麼回事……」沙啞的聲音還沒有説完，達貢的身體就像受到高熱而熔化一樣，化成了一大灘黏稠稠的藍綠色液體。

「我騙你的。」多恩冷冷地說：「這是屬於神的東西，可不允許普通人使用。」

多恩跨過了地上那大灘黏液，來到梅爾文的肢體旁邊，那些黑色水母還在啃噬著梅爾文的殘骸，而多恩則拾起了掉在地上那堆已經沾滿鮮血的文件。

「這樣就可以了吧？」多恩隨手便把那些濕漉漉的鮮紅色紙張撕成碎片。

窗外的路爾斯拼命掩住了嘴，不讓自己因眼前的駭人畫面而發出半點聲響。他摸出了手機，這下子一定要通知JM了，他是這樣想的。

嘀嘀。可是手機在他掏出的同時卻發出了提示音，那是他正沉迷的那個手機遊戲體力已滿的提示。

「糟糕了，怎麼在響的？」路爾斯自己忍不住喊了出來。

假如他沒有加上最後這句大喊的話，他還是有可能不被發現的。

＊＊＊

那個晚上，風很猛，那艘小漁船在漆黑的海洋之中，起伏搖盪。

「來，再用力點，一口氣把它拉上來吧。」

船主杜強在發施號令，年僅十六歲的許照東也和其他成年船員一起使盡渾身力氣，他們拉扯著的，是他們賴以為生的捕魚網。

「嗚……真重耶，這次的漁獲肯定相當不錯。」杜陽平就在照東旁邊，邊喘著氣邊說。

陽平只有十四歲，年少的他會在漁船上工作，全因為他正是船主杜強的兒子。整隊船員共八人，大多都是四十歲上下的中年人，就只有照東和陽平的年紀比較接近。

在晃動得如此激烈的甲板上要穩住身子已不容易，何況還要使勁把網從海中拉到船上，照東騰不出回應的力氣，只得點了點頭。

照東其實也對網中之物相當期待，如果收穫理想的話，最少有一陣子不用擔心生活的問題。捕魚就是這樣的一種職業了，一切也得聽從大海的意思，也不像陸上人有個安穩的家，漁夫的生活就像今晚這條小船一樣，只能隨海浪時高時低，連一點保障也沒有。

「對，跟上節奏。準備，起。」

在杜強的指揮下，他們老老少少共八個男子，終於把魚網拉到了船上。

「天啊⋯⋯」

「這到底是甚麼？」

「這是魚吧？對不對？」

不過就在眾人都滿懷期望地查看魚網時，他們都驚呆了，沒有任何一人能辨認出網中的到底是甚麼，就連最有經驗的杜強也不例外。

網中那生物，皮膚上雖然覆蓋了像是鱗片的東西，但無論是四肢的形狀，還是身體的姿態，都和人類的孩子無異，她正用那對無辜的大眼睛看著照東和陽平。

「不對，她是個女孩子吧？」照東脫口而出，他根本就沒想過為甚麼在深夜的海洋中會有女孩子。

接著是好一陣寂靜，沒有人附和，但誰也不能提出否定。

網中的她卻只是眨了眨眼。

「我們這次走運了，這東西不就是人魚啊。」杜強卻突然興奮起來：「快，報警吧。還有，通知報社，這消息要賣出去，我們也就發大財了。」

「慢著，可是她長的不是魚尾巴啊……」

但誰也沒有理會照東，他們不是忙著去打電報，就是不斷對漁網內的女孩指指點點，後來杜強不知在那兒找來了一個大籠子，就把那女孩關了進去。

「老杜，警察那邊通報了啊。另外我還把消息發了幾家報社。」

「很好，記得叫他們在碼頭等著我們。」杜強眉飛色舞地說：「這下威風了，想想等下整個香港仔都塞滿歡迎我們的人，還有數不完的鈔票。」

杜強這番話引起了一陣歡呼，有人拿出酒來，使本來就已高興得很的漁夫們的情緒再進一步，一下子讓這條本來只是工作用的漁船，變得像出租給別人開派對的小遊艇一樣，歡樂的笑聲歌聲一直響了足足幾小時，直到差不多天亮時，人們都累透了，派對才結束。

整艘船上大概就只有照東沒有對鈔票作出甚麼幻想。

「阿平，我們去看看那女孩好嗎？」照東推了推身旁睡得正熟的陽平。

天快要亮了，船快要入港，杜強的鈔票也快要進到口袋。如果想要看那個女孩的話，現在大概就是最後機會。

「甚麼？」陽平雖然未成年，但剛才那種情況之下，當然沒人會阻止他喝酒。

「就是人魚啊。你不想看看嗎？趁現在大伙兒都睡了啊。」

「嗯，那好吧。」

照東也不知道為甚麼自己硬要拉上陽平，或許是因為他也會覺得害怕吧，但即使現在再看一次，在那籠子內瑟縮著的也不是甚麼怪物，看上去就不過是個十歲左右的孩子，她正用她的手抱著膝蓋，靠在籠子的角落。

「呵欠……看完囉，回去睡吧。」陽平還睡眼惺忪。

「嗨，」照東不知那來的想法，突然想和那女孩説説話：「你是人魚嗎？」

她抬了頭，看著籠子外的二人。她的長髮又黑又亮，一雙大眼睛水盈靈動。

「你為甚麼會在海裡面的？」

她沒有答話，但卻靠近了照東他們。

「阿東，回去船艙吧，這種天亮前颳的風冷死人了。」陽平拉了拉照東。

「你叫甚麼名字？」

她還是沒有回答，卻對照東笑了，像旭日初昇那樣溫暖的微笑。

「你犯甚麼傻了？我們走吧。」

可能是冷風吹得陽平不爽了，他不耐煩地說。

「你就告訴我你叫甚麼名字吧，好嗎？」

這次她卻想把手從籠子的隙縫中伸出來，但那個籠子的間格只夠她的指頭通過。此時照東也無意識地伸出了手，用食指的指頭，碰上了她的指尖。

她的手是溫暖的，又柔軟又暖和。她又笑得更燦爛了。

但陽平卻一把拉開照東的手：「你搞甚麼了啦？快回去吧。」

「不行，阿平。」

一個念頭在照東腦內閃過，下一瞬間已成為了一個決定。

「我要放了她，讓她回去海裡。」

「你神經病啊？還是睡傻了？」

照東沒理他，立即就把籠子的門栓拔掉。

「快，逃吧！」

照東一邊喊著，一邊用身體阻擋著旁邊的陽平。陽平想要推開他，但無論身型還是力氣，也根本完全不能和比他年長兩歲的照東對抗。照東還能空出心思轉過頭去，看著那女孩從籠子中爬出來，小跑著走到甲板邊沿。

照東心內有種難以言喻的感覺，他知道這大概是自己看她的最後一眼。

她仍是對照東笑著，像是告別，然後便縱身一躍，沒入海中。正巧太陽就從水平線上升起，耀眼的陽光讓照東再找不著她的身影。

＊＊＊

當 JM 趕到的時候，天已經黑透。但他並不是一個人前來，只是根據他的判斷，暫時獨自行動會比較有利。

大門虛掩著，雖然裡面黑漆漆一片，但刺鼻的氣味卻十分明顯，這陣異味肯定是血腥味，還夾雜了一點像是腐爛的魚類那種腥臭味。JM 以左手推開了那半掩的門，他的右手則緊緊抱著一個手提電腦包。

雖然屋內光線十分微弱，但依稀還能看見四周一片狼藉，JM 能從形狀辨認出翻倒的桌子和碎裂的椅子，現場可能經歷過一番激烈的打鬥。JM 提高了警覺，起初他並不打算亮起任何照明，只是小心翼翼地踏進屋內，但沒走了幾步，他已感到腳底下有種黏糊糊的觸感，然而在昏暗的環境之下，他只能勉強看見地上有一些深色的黏液，看來不靠其他光線輔助，便無法判定地上的到底是甚麼。

室內靜得讓人感到耳鳴，暫時看來並沒有太大的危機。為了進一步確認目前的環境，JM還是掏出了手機並亮起了手機燈。有了光線，JM終於看到地上那大灘黏液呈現出一種瘀黑的藍綠色，那顏色讓人立即聯想到死魚，還散發著一種腐臭的海水味。

JM沒有仔細檢查這些奇怪的黏液，他還有更優先要找尋的目標。

在盡量不踏上那些黏液的前提下，JM繼續深入了屋內。嗅覺指引著他來到窗戶旁，破碎的窗戶滲著微弱的月光，旁邊的沙發之下積了個水窪，單憑那濃烈的味道，JM當然已經清楚地上這灘液體是甚麼，但還是被眼前的景象震懾。

深紅色液體上蕩漾著許多被撕成碎片的紙屑，而且還有一些肢體的殘骸浸沒在內，白色的骨頭，上面還殘留著一些粉色的肌肉組織，缺口殘缺不全，就像是被野獸撕咬之後的剩餘物那樣。從形狀和尺寸看來，這大概就是人類男性的殘骸。

「該死的！」

一陣不祥的感覺迅即蓋過了JM的理智，雖然他明知道在這種情況下，是絕不應該觸碰任何東西的，但他已管不了那麼多，他現在就要知道這名死者的身份。他蹲下身，放下了手上的所有東西，掀起衣袖便把手伸進那紅色的水窪之中。

儘管那液體黏稠的觸感和殘留的餘溫都讓JM覺得噁心，但他的雙手還是沒有停下，直到他摸到一個圓形的物體，上面還帶著一些血肉和毛髮。

「太好了，不是小少爺。」JM舒了一大口氣，頭骨上附著的毛髮是銀灰色的：「這難道是格里芬嗎？」

「別動。」突然從JM身後傳來一把男聲。

那人的英語帶著強烈的口音，同時JM也感到頸邊傳來一陣冰冷，還瞥見了利刃反射出的銀白光芒。

「那個檔案呢？」男子繼續問。

「在那台電腦內，就在後面。」

JM知道男子必定會順著他的話而分神去尋找電腦，他看準機會，抓住了男子持刀的手並順勢轉身站起來。男子的手雖然被扭著，但卻沒有鬆開，更馬上用腳踢在JM腹部之上，並使勁抽回了右手，利刃則在JM手上劃了一道不淺的血痕。

JM本來就不打算和他纏鬥，便順勢退開，更讓他獲得機會拾回電腦。男子見狀也立即追擊，他撲到JM面前，眼看這一刀正要從自己的頭頂落下，JM只得舉起了手中的電腦包抵擋。

男子卻硬生生把正要揮落的手停下，那刀並沒有砍在JM高舉著的電腦包之上。

「慢著，你怎麼停下了？」JM不禁問：「你不是要銷毀裡面的資料嗎？」

「閉嘴。」男人的英語依然難懂：「給我電腦，不然你朋友要死了。」

「多恩．許呢？」

JM馬上趁機會打量著眼前這個人，華人的男性，大約四十歲上下，身材並不高大，但肌肉的線條卻很是明顯，JM記得莎芙倫提及過現正寄住在他家中的客人杜陽平。

「別廢話，快給我。」

「可以，放了路爾斯我就立即給你。」

「你朋友在我這兒。」沙啞的聲音來自屋內的更深處。

果然達貢碩大的陰影就在那兒，身旁還有另一個被綑綁的人影。

「把你手上的東西交出來吧。」達貢繼續說。

突然整個客廳的燈都被亮起來，光線一下子轉強。同一時間還響起了幾聲模擬的快門聲，喀嚓、喀嚓、喀嚓、喀嚓……

「太好了！」另一則的陽平一邊查看自己的手機一邊笑著，笑得連臉容也扭曲起來：

「終於拍到了，還非常清楚呢。」

「阿平，你幹甚麼了？」

「拍照啊，我終於拍到了半人半魚的怪物。」陽平興奮地展示著他手機中的照片：「你們看，這個比甚麼報告都更有力，我等了二十年，終於有了這證據，不會再有人說我們撒謊了。」

「不是的，阿平……」

「不，你別動，別過來！」

達貢似乎想走近陽平，卻被他喝止了。

「再走近一步我就把這些照片上傳到社交網站，這樣你們的真面目就終於被公開，人類就可以清楚知道有你們這些怪物存在。」

「我們不是怪物。」

「不對，那女人就是怪物，她是從海中來的，她就是人魚啊。是你才以為她是人類，還放走了她，把我一家都害慘了。」

「你肯定不知道吧，在那之後那班記者一直追問，把我老爸逼瘋了。但他沒有錯啊，他的確沒有說謊，有問題的是你們這些怪物。別以為我不知道啊，連你也變成怪物了，打不死的怪物。」

「你說甚麼？」沙啞的聲音中顯出驚訝。

「你不會忘了吧，當年你應該在街上被打死了的。」

「為甚麼你會知道？那不是杜強找的人嗎？」

「我爸早就死了，是我啦。」陽平大喊著：「還有啊，你猜為甚麼會有記者知道你們家的事，那裝神弄鬼的騙子連你在香港的事都知道啊。」

陽平一直說著，他並沒有發現達貢發出低沉的咆哮，同時一種詭異的黑霧正迅速湧起，覆蓋了達貢的身體，懸浮在牠旁邊的發光體那道淡黃的光也被掩蓋下來。JM知道快要發生甚麼，他把注意力集中，看是否能找到一絲空隙，救下達貢身旁的那個人。

達貢已完全變成黑色，還從身體上下伸展出許多又細又長，像是水母觸手的條狀物。黑色的觸手以看不清的速度伸延，下一瞬間已把還在興奮地擺弄著手機的陽平整個人捲起。

「不……你……」

陽平已再發不出聲音，但觸手卻繼續纏繞擠壓，從他的身體傳出了清晰的骨骼碎裂聲，此刻被捲住的陽平雙眼反白，張大了口想要呼吸，但他的肩膊及手臂都已被絞得變形。

這過程並沒有持續太久，達貢一個閃身已來到陽平前面，同時黑色觸手進一步收緊，陽平的身體於瞬間被扭曲得完全不成人形，這才像一塊皺巴巴的抹布那樣被丟在地上。

同時JM亦把握了這個等待已久的機會，達貢一稍為遠離路爾斯，他便馬上上前把昏迷不醒的路爾斯抬起，接著即時推開了就在旁邊的一扇門並躲進鄰房。那房間裡漆黑一片，但他已沒有任何餘裕去觀察房間，只能立即把房門鎖上，他的打算是找個地方稍為躲一下，爭取一點時間叫醒路爾斯，因為JM深知自己沒有對付達貢的手段，如果要帶同沒有意識的路爾斯逃走的話，機會實在渺茫。

然而房中央卻有個東西把JM的注意力完全吸引過去，那是個泛著淡黃色光芒的卵型化石，還一直在發出微弱的嗡嗡聲響，就像笛子的聲音。發光體的旁邊有幾個黑影在蠕動，那是長著金黃色貓眼的黑色怪物。這些像是水母般的怪物似乎正在啃噬著地上的某些東西。

靠著那道微弱的黃光，JM能看見那些怪物噬咬的，是一個人頭。頸項算是勉強仍連接著頭部，但下方已經是麼都沒有，就只留著一段外露的脊髓，但最可怕的還是這個頭部竟然還活著，雙眼雖然緊緊閉上，但鼻孔正有節奏地擴張和收縮，他還在深沉地呼吸著，如果不理會頸以下而單看面容的話，那就真的只是像睡著了一樣。

那個面孔表露著一種痛苦的神情，那種表情就只有在造著惡夢時才會有。JM認得這個男人，他正是這間屋的主人多恩．許。

JM一直瞧著地上的頭部，頸上的撕裂竟然在逐漸重生著。

「天啊，這難道就是艾歷克．沃克的報告上所說的現象嗎……」JM不禁低聲說。

所有黃金貓眼都在同一時間，把視線集中在發出了聲音的JM身上。還不單止，那道單薄的門已經發出了承受不住巨力衝擊的哀號，就在JM身旁吱吱作響，似乎下一秒就要粉碎那樣。

「唯有放手一搏好了，天啊請必定要讓那發光體就是達貢的本體。」

JM掏出手槍朝房中央一連開了幾發，蘊含火之力量的子彈貫穿了那幾條水母狀的黑影，它們亦應聲化為灰燼並消散於空氣中，可是中央的黃色發光體卻是絲毫無損。

同時後方傳來木門碎裂的聲音，木屑向四方飛濺。JM只得立即帶著路爾斯避開從破裂的門中伸出的手，逃到房間中央。房門亦同時宣告失守，木塊四分五裂，已無法再稱為一扇門。黑色的巨大身影隨即出現，一條又一條的觸手像影子那樣蔓延，向房中央的JM和路爾斯迅速逼近。

「慢著。」門外傳來了莎芙倫的聲音：「爸爸，你是爸爸對吧？」

莎芙倫本來就和JM一同前來，不過當時她聽了JM的指示，便和他分頭行動。莎芙倫也和路爾斯一樣經大樓外的消防梯上樓，她的任務就是找到曾如並保護好她。現在她就在房門外不遠處，還牽著曾如的手，正正就在魚人黑影旁邊。

漆黑的魚人被聲音所刺激，緩緩地轉了頭。

「別再做傻事了，我們一家人離開這兒重新開始吧，你和我，還有媽媽。」

「不要，他不是……」

莎芙倫的尖叫聲中斷了JM的警告，她的四肢已被觸手絞住，曾如拼了命想要把女兒拉回來，但當然是徒勞無功。JM亦幾乎在同時間上前，雖然不抱期望，但他還是扣下了扳機，那怕只爭取到一絲空隙也好，或許就在牠晃晃頭的那一瞬間，可以抓緊救出莎芙倫的機會。

子彈擊中了魚人黑影，牠像發了瘋般怒吼著，觸手也在使勁胡亂舞動，莎芙倫被整個人提到半空，拉著她的曾如則被狠狠地甩開，碰撞的痛楚使得她發出了一聲高頻尖銳的慘叫。

JM趕緊瞥了瞥被甩在地上的曾如，他本想確認曾如的傷勢是否嚴重，只是在他的真實視覺之下，曾如身上的鱗片和魚鰭都無所遁形，大大的魚尾巴以幻彩光暈的形態存在，就在曾如的下半身擺動著，和童話故事裡的美人魚一樣。

電光火石之間，JM和曾如的視線相碰。

「你看得見我？」

某股意念傳到JM腦海之中，那既不是任何聲音，也不是任何語言。

「求你救救我的女兒吧。」

JM並沒有空閒去回應，他仍然尋求著拯救莎芙倫的方法。槍擊不管用，附近也沒有其他武器，跟那人魚黑影拼力氣的話似乎也沒有勝算，但儘管如此，JM仍是奮力拉扯著黑色觸手，讓莎芙倫盡量能多喘一口氣。

「我有辦法消滅牠，我的歌聲可以淨化不潔之物，但我現在這個樣子發不了聲。」

「那不是你的丈夫嗎？」JM皺了皺眉。

「不是，我丈夫已經被那東西殺死了，我知道的。」

「好吧，你要我怎麼做？」

「殺了我。我擁有不死身，但我知道你的子彈能辦得到的。拜託，我丈夫已經不在，我也不想再活下去了，但我只希望救出我的女兒，她是我現在剩下唯一的希望。」

「怎可以？你可是莎芙倫的媽媽。」

「不，她會明白的，她是我的女兒。」

JM的攻擊當然毫無作用，魚人黑影根本不痛不癢，只是把莎芙倫絞得更緊，眼看下一秒就會把她的身體絞成肉泥。

「不可再猶豫了，求求你。」

曾如跪在JM身旁，臉上的淚光閃爍著，她拉了JM持槍的右手，把他手中握著的槍對準自己的眉心。

「對不起。」JM穩住了右手的位置：「那就拜託你了。」

隨著扳機扣下，子彈於槍膛彈射而出，直接貫穿了曾如的前額，她的身軀亦同時軟倒掉下。同時一道彩色的光，自她的身體中滲出，縈繞於房中，還有一陣像是歌聲般悅耳的聲音亦慢慢響起，JM從沒有聽過如此動人的旋律。

魚人黑影像是被彩色光芒和歌聲深深吸引，不由自主地抬起頭，似是注視著彩光的流動。而那些黑色的觸手也放鬆下來，本來被緊緊絞著的莎芙倫則滑到地上。

「人魚公主犧牲了她的聲音，才變成了人類。」JM也看著那道彩色光芒劃出的軌跡：「唯有放棄人類的形態，她才能再次施展魔法，拯救她所愛的人。」

「這就是童話故事應有的結局了嗎？」JM深深地嘆了氣：「我最討厭童話故事了。」

彩色光芒漸漸變強，掩蓋了魚人黑色的身影。在那道光芒中，JM看見房內多恩的頭顱慢慢腐化，卻是帶著安詳喜悅的神情，而曾如的身體也同樣地慢慢化為灰燼。

光彩散去，只留下一串串色彩繽紛的泡沫慢慢飄蕩著，隨著晨曦透過玻璃窗射進室內，泡沫亦漸漸消失不見。

就像他們相遇的那天一樣。

12 延向未來的祝福

午後陽光和煦，使得餐廳內的氣氛舒適溫暖。

茱莉亞看看手錶，已是十二點五十九分，離約定時間還有不足一分鐘，但提出約見的人物卻仍未出現，這讓茱莉亞感到有點煩躁。最近她一直是這樣，情緒起伏不定，很容易就因一些小事就感到厭煩。

「他總是這樣的，最後一刻才到。」莫里斯坐在茱莉亞的左邊，也就是方桌的接鄰側：「不過放心吧，他也不會遲到。」

「噢，果然呢，他到了。」莫里斯朝餐廳門招了手：「詹姆斯，這邊啊。」

JM也朝他回了個點頭，便從容不迫地步至他們的桌子，並坐在莫里斯的左側，也就是茱莉亞的正對面，這時剛好一點正。

「熱的美式咖啡，還有煙三文魚意大利麵。」JM只是隨便翻了一下餐牌，便讓上前招待的侍應生離開了。

「所以，你今天約我們出來，是有甚麼要說嗎？」早已不耐煩的茱莉亞立即問。

「是的，我有一個故事想告訴你。」JM說：「不過我們今天不趕忙吧？不先吃完午餐再說嗎？」

既然JM這樣說，茱莉亞也不好急著追問，就只有等著餐點送上。看著JM吃得津津有味，茱莉亞卻不怎麼有胃口，一來她的身體問題，二來她的全副心思都在JM要說的到底是甚麼故事之上，面前的沙拉她只是翻了又翻，實際上沒怎麼吃過。

「沃克太太，你沒怎麼吃呢，這可不行，請保重身體。」

對於JM的問候，茱莉亞只感到疑惑，她不明白這個人為甚麼會對自己作出如此建議。

「倒是你胃口不錯的樣子，」幸好莫里斯及時搭話：「上次的傷勢怎麼樣了？」

「託你的福，已經復原得差不多。」JM說：「這兒的三文魚很不錯呢，沃克太太也可以試試多吃魚類，蛋白質對你的健康有好處。」

話題又回到自己身上，於是茱莉亞便決定直接帶入正題：「你約我出來不是要對我的生活習慣提出建議吧？你剛才說要告訴我的故事，到底是甚麼？」

「對呢，那個。」JM放下了餐具，喝了一口咖啡才繼續說：「人魚公主的故事大家都知道吧？」

「實情是人魚公主救下了王子，並隨王子一起在人類的城市裡生活。可是王子身邊有個背叛者，他把人魚公主的秘密洩露了給邪惡貴族知道。而邪惡貴族為了證實人魚公主的身份，就找來了研究員……」

「慢著，你說是研究員？」茱莉亞連瞳孔也放大了。

「沒錯，是研究員。」JM先確認她的疑問，才接著繼續故事。

「研究員查明了人魚公主的身份，於是邪惡貴族就想把她和她的魔法據為己有。此事被王子知道了，他還誤會是研究員和邪惡貴族一起策劃謀害自己的妻子，被憤怒和驚慌支配的王子便借用了黑暗力量，把這些對他們一家的威脅都消滅了，當中包括了那個研究員。」

「你到底想說甚麼？」茱莉亞皺緊了眉，聲音中也帶著怒氣。

「先聽完結局吧。」JM又喝了一口咖啡才說：「最後人魚公主犧牲了自己，用她的生命換來最後的魔法，淨化了王子扭曲的靈魂。然後和王子雙雙化成泡沫，回到了大海之中，再也不會出現在人間。」

「你這個……是童話故事嗎？」莫里斯也是不明所以。

「沒錯，的確就只是個童話故事而已。」JM卻一臉認真的看著茱莉亞：「這個結局，你覺得怎麼樣？」

茱莉亞思考了一會，才深深的吸了一口氣。她得鼓足勇氣，才開得了口。

「真的是再也不會出現在人間，對吧？」

「是的，我可以保證。」

「那好吧。」茱莉亞低下了頭，因為她得強忍著淚水：「這個結局，我可以接受的。」

「那就好了。」JM說著，把一個手提包交了給茱莉亞：「是時候還給你了，謝謝你們的幫忙。」

茱莉亞當然知道包裡的是甚麼，因為那是她不久之前親手交給JM的。

「不對，應該是我說謝謝才對。」茱莉亞的頭垂得更低了。

「我要說的都說完了，那我也先告辭。」JM一口氣把面前的咖啡都喝完：「莫里斯，記得我交給你的東西，還有幫我送沃克太太回去吧。」

JM說著便已經從座位中站了起來。

「慢著。」茱莉亞也隨他站了起來：「我也想說……」

「八年前的那件事，我之前說得太過份了。」茱莉亞咬了咬唇，才繼續她的話：「我想說，關於她的死，當中還有甚麼內情對吧？」

「她嗎？很抱歉，我不知道呢。」JM微微一笑：「今天的帳單就由我來吧，你們慢用。」

茱莉亞沒能再問甚麼，JM已轉身離去了。

「八年前的那件事呢，」莫里斯見茱莉亞還在呆著，便補充說：「他還在追查著啊，某一天他會找到真相的。」

茱莉亞沒有回應，她只是呆看著JM遠去的背影。

「對了，這個，是他要我交給你的。」莫里斯說，並拿出了一個結著絲帶的禮物盒。

「這是甚麼？」

「是……是禮物。」莫里斯有點結結巴巴：「因為他說你不會無緣無故出現在醫院，所以讓我查了一下……」

茱莉亞打開禮物盒，看著裡面的東西，眼前已被淚水模糊。

裡面躺著的，是個嬰兒用的奶瓶。

＊＊＊

莎芙倫面前的咖啡已經冷了，她只是把目光停留在玻璃窗外，那個溜冰場上。滑著冰的人們一樣歡笑著，根本就沒有人知道這兒發生過的事。那些笑臉讓她想起她親愛的爸爸和媽媽，他們的葬禮並沒有其他人參加，就只有莎芙倫一個。他們的墓穴也是空的，就只有墓前莎芙倫獻上的鮮花。突然失去了雙親，她還沒有想好日後的生活要怎樣過，只是可以肯定從今以後，她也得孤身一人面對往後的人生。

想到這兒，即使是一向開朗的莎芙倫也不禁神傷，她眨了眨眼，卻已經沒有眼淚能掉出來。

「所以就是這樣了，露茜．利索特的事警方會以自殺結案的。」坐在莎芙倫對面的是亞佛烈德：「希望你能接受這個答案。」

「對不起，你說甚麼了？」莎芙倫一直在恍神，她根本沒留意亞佛烈德的說話。

「就是關於已找到利索特的屍體這件事啊。」旁邊的路爾斯便搭話：「你沒事吧？你的精神看來很差呢。」

「你父母的事我們也很抱歉，但我們都會支持你的。」亞佛烈德說。

「如果你願意的話，我們可以當朋友，日後互相照顧啊，反正我們也是同個大學嘛。」路爾斯眉飛色舞地說。

莎芙倫沒有立即回應，她只是看著同桌但又一直沒有說話的JM。正是這個人結束了自己最愛的媽媽的生命，不過如果不這樣做的話，不單是她自己經已沒可能坐在這兒，而且還不知道要損失多少無辜的人命了。幸運的是，爸爸媽媽是一起離開的，莎芙倫深信他們依然會伴在彼此左右，無論他們到了甚麼地方。

而JM卻一直側著臉，自顧自的在喝著咖啡，也不知是因為這家咖啡廳禁煙，缺乏尼古丁讓他感到渾身不自在，還是出於他自己對莎芙倫那種不知能不能稱為歉意的感情。

「有甚麼需要幫忙的話，不要客氣，跟我和路爾斯說就可以了。」亞佛烈德附和著路爾斯的話。

「對了，你的住處找到了沒有？」路爾斯根本就不打算等莎芙倫回應，已接著說：「你的家被燒光了呢。」

「這個……還沒決定下來呢。」

「這可不行。不然就這樣吧，這個人的家有兩個房間。」

路爾斯狠狠的拍在JM背上，害他差點把咖啡都噴出來。

「嗨，你搞甚麼啦。」JM抱怨著，似乎在路爾斯這一拍之下才讓他回過神來。

「莎芙倫啊，她還沒有住的地方耶。」路爾斯用吸管攪動著他的冰巧克力：「你不是殺了人家的媽媽啊？這一點責任還是要負上的，你就讓她住你家吧。」

「你神經病嗎？這絕不可能。」JM嚇得睜圓了眼。

「不是的，我沒有這樣要求，這樣不方便的。」

莎芙倫見JM的反應這麼大，就打算說句圓場話，況且住進JM的家這件事也實在太脫離常識，她自己當然也是連想也沒有這樣想過。

「對，很不方便。」

「不會的。」路爾斯無視了JM的抗議，對莎芙倫說：「放心吧，這個人只喜歡工作，他不會對你圖謀不軌的。」

「我不是這個意思……」

雖然JM的工作似乎很有趣，更重要的是，他有很多機會接觸到超自然力量和未知的生物。對於父母的事，還有自己該用何種身份繼續在這個社會生活，莎芙倫也還有很多疑問，這是她必須要解開的心結。

「我倒覺得這也是個可行的方法，莎芙倫還是個學生，一下子沒有了家庭支持，無論是生活上還是經濟上也需要幫忙。」

「怎麼連亞佛烈德你也這樣說？」

「因為怎麼說，現在的情況你也有責任啊。」路爾斯對JM歪笑著。

「而且讓莎芙倫獨自在外，怎樣也會擔心的，對吧JM？」亞佛烈德也煞有介事地眨了眨眼。

「不行，說甚麼我也不會答應的。」JM看向了莎芙倫，她身上還是一樣透著幻彩色的光：「你也不想和我這樣的怪人住在一起，對吧？」

JM的確是個性格乖僻的怪咖，但他和莎芙倫一樣不是普通人類，這點可是他自己說的。莎芙倫想著，不自覺地浮起了一絲笑容，這是她有生以來，首次有父母以外的人知道她的身份，能放下這個秘密，莎芙倫著實是有感到輕鬆不少。

「也不算太奇怪，反正我也一樣啊。」莎芙倫只是直接把這一刻的感受說出來。

「喔喔喔，莎芙倫答應了。」最興奮的似乎是路爾斯：「她竟然說你不怪耶，真是難得。那麼接下來，只要打點一下搬家的事情就可以了。」

「慢著慢著慢著，我可沒說過答應啊，你們不要擅自決定好不好？」

「你怎樣也不肯答應嗎？那很好，我剛剛有別的東西想問問你。」路爾斯的雙眼轉了一圈：「我聽沃克太太說，你高中時有個同學叫雪樂爾．荷姆斯，還叫我問問你關於她的事。」

JM的臉立即沉了下去。

「原來你還沒有跟路爾斯說嗎？」亞佛烈德認真地說：「那現在正好是個機會呢。」

「好好好，小少爺，我投降了，你們說甚麼就甚麼好了。」

「呵呵，成功了成功了。」

「雪樂爾．荷姆斯？是誰啊？」

「別說了，你們都別說了……」

咖啡廳中吵鬧的一幕剛好被玻璃窗外的他看見，讓他泛起了一絲意味深長的微笑。撥了撥他那頭漂染成紅色的頭髮，他便提起手提袋打算上路。

「很好，然後就是如何和她的新室友相處了。」

而他提著的那個袋子中，正是一個淡黃色，像是非常大的蛋形石頭。

跨域下的「熱鬧」與「門道」

《JM的無以名狀事件簿：可惡童話》解說

陳浩基　推理小說作家

本來身為天行小說賞的評審，我該為本作寫推薦序，而事實上我只要從內部用的評審報告中抽取評語，稍加潤飾便能簡單完成；可是這部《可惡童話》太有意思，不爆雷便難以觸及一些巧妙的內容，於是我向編輯請纓新撰解說文，以作家身分來向諸位讀者談談本作的有趣之處。事先聲明，以下有大量劇透，建議您讀畢全書才讀這篇分析文章。

《可惡童話》的故事發生於英國倫敦，異能偵探JM受委託調查高中同學的失蹤，發現事件背後涉及奇詭的魚人怪物殺人以及出資刺探神秘事件的富豪，而核心人物是移民自香港的一家三口。故事最後揭露移民家庭的女主人並非人類，她的丈夫為了保護家人不惜殺人，結果被黑暗力量所吞噬，JM為了拯救他們的女兒莎芙倫，只好讓這對夫婦同歸於盡。

對一般讀者來說，本作是一部以安徒生童話《美人魚》為藍本而創作的奇幻推理故事，作者將時空置換到現代，加入懸疑元素重塑這一則悲劇，寫下同樣哀愁但遺憾略少的新版結局，集奇幻恐怖、推理犯罪和家庭倫理三種特質於一身。這看法當然正確，不過這只是本作其中一個面向——我認為本作精彩在於「外行看熱鬧，內行看門道」，上述閱讀角度固然「熱鬧」，但若然您是一個奇幻小說迷，您便會察覺本作的「門道」所在。

要向大眾說明這門道，便得先從上世紀一位美國恐怖小說作家談起。

一八九零年八月，H・P・洛夫克拉夫特（Howard Phillips Lovecraft）於美國羅德島普洛威頓斯（Providence，與「天意」同義）出生，經歷過不順遂的童年和青年期後，他成為一位專門寫奇幻、科幻類的恐怖小說家，作品多見於《詭麗幻譚》（*Weird Tales*）和《驚駭小說》（*Astounding Stories*）這些通俗奇幻／科幻雜誌。儘管他產量豐富，作品反應平平，寫作收入不足以餬口，而他更因癌症於一九三七年病逝，四十六歲便撒手人寰。洛氏一生潦倒，幾乎可說是二十世紀初的窮作家寫照，但他死後作品逐漸受讀者重視，他的作家朋友們亦繼承他的創作系譜發展新作，致使六零年代起他廣泛地被認為是美國現代恐怖小說的開拓者，甚至跟十九世紀的愛倫・坡齊名。史提芬京、尼爾蓋曼、亞倫摩爾、導演吉拿域戴拖路等等都深受洛氏影響，連當代法國文壇著名小說家、《屈服》作者米榭．韋勒貝克也曾替他撰寫傳記，稱他的作品猶如一片片呼嘯般的恐懼，形容他為存在主義者。

洛夫克拉夫特的眾多作品，基本上有一個共通的世界觀，描寫來自異界／異星的不明物干涉人類社會，而人類文明甚至人類本身對它們來說只是毫無價值的存在——這個宇宙觀和體系，便是克蘇魯神話。

克蘇魯神話對現代流行文化影響已達無孔不入的地步，小說、動漫、遊戲、電視、電影等等都有涉及，然而有趣的是受眾卻不一定知道這些元素的存在。舉例說，《蝙蝠俠》的故事裡用來關壞蛋的「阿卡漢姆瘋人院」（Arkham Asylum），阿卡漢姆這名字便是洛氏筆下的虛構城市名稱；HBO劇集《刑警雙雄》（True Detective）裡那個宗教儀式模樣的殺人事件，同樣挪用了大量洛氏作品的象徵和用語。直接使用克蘇魯神話中的設定來創作恐怖、科幻、奇幻、推理小說的作家更不計其數，除了上述的史提芬京或尼爾蓋曼之外，就連日本三大名偵探之一、高木彬光筆下的神津恭介也曾調查克蘇魯相關的殺人事件。

而這一部《可惡童話》亦是一部克蘇魯神話衍生作。

洛氏在世時只出版過一本小說（其餘都只在雜誌刊載），該作名為《印斯茅斯暗影》

（*The Shadow over Innsmouth*），描寫主角旅行途中來到一個叫作印斯茅斯的小鎮，發現當地有不可告人的秘密，稱為「深潛者」（Deep Ones）的魚人生物種族和鎮民有駭人的關係，他們更成立了崇拜邪神「達貢」（Dagon）的邪教教團。不老不死的深潛者和達貢還有在其他洛氏作品出現，而在克蘇魯神話的體系中，達貢是一個特殊的存在，不同於其他邪神是洛氏的虛構創作，達貢是他借用自歷史上閃族人崇拜的神明名字，甚至《聖經》也有記載，稱為魔鬼之一（亦譯作「大衮」）。

本作作者巧妙地將克蘇魯神話中的魚人和童話中的美人魚混搭結合，將恐怖不祥的異色神話加進夢幻的童話故事，單單這概念已足夠顛覆別致了。不過，作者沒有止步，反而繼續躍出範圍，跨足別的領域。

這領域便是香港的本土民間傳説。

清初學者屈大均撰寫的《廣東新語》中，卷二十二〈鱗語〉記錄了廣東一帶的人魚傳説：「人魚之種族有盧亭者，新安大魚山與南亭竹沒老萬山多有之。其長如人，有牝牡，毛髮焦黃而短，眼睛亦黃，面黧黑，尾長寸許，見人則驚怖入水，往往隨波飄至，人以為怪，競逐之。有得其牝者，與之婬，不能言語，惟笑而已。久之能著衣，食五穀。擕至大魚山，仍沒入水。蓋人魚之無害於人者。」

盧亭的真身至今仍是謎團，有學者認為那只是嶺南沿海一帶的原住民——就是故事中莎芙倫一度提出的說法——但無從證實。作者聰明地找出這則本地神話的特徵，把它當成齒輪扣到克蘇魯和美人魚之上，驚人地令劇情在毫無違和感之下轉動。

然後，在這副精巧的機器之上，作者竟然還找到位置加入第四份素材——日本的八百比丘尼傳說。

日本早在鎌倉時代（十二至十四世紀）已流傳著另一則人魚傳說。一二五四年伊賀守橘成季編撰的《古今著聞集》有載錄漁夫捕獲人魚、宰割吃掉的事件，而之後數百年間，日本多地都有大同小異的民間傳說，指某人獲贈人魚肉，他的女兒誤食後變得長生不老，眼看親人丈夫一一老死而自己永保年輕，她參透覺悟，出家為尼遊走各地，活了足足八百年才入定圓寂。

本作中，曾如為救恩人照東，帶來人魚肉令其病癒，出典便是八百比丘尼的傳說。這種學貫東西古今的題材運用令人讚歎，作者更找出這些本來無關的傳說或故事的共通點（人魚的特徵、與人類結合、長生不老等等），將它們工整有序地嵌進一個現代奇幻推理故事之內，並且借它來描寫貪婪之惡與愛情之高貴。

本作尚有不少可以談論解說之處，比如移民家庭面對的種族歧視與人魚和人類的種族之別就很值得細味，但我覺得這部分可以讓讀者自行詮釋，加上本文已甚長，姑且就此打住。我十分期待本作系列化，畢竟身為一個推理作家，我無法不在意JM與SH這兩個名字如此具代表性的角色過去到底發生了什麼事，神秘的樊先生又擔當什麼身分。

今年台灣出版了多部克蘇魯神話的作品，比如洛氏原典的《克蘇魯的呼喚》、改編成漫畫版的《瘋狂山脈》、啟導洛氏創出神話體系的前人經典《黃衣國王》等等，往後更陸續有來，可說是熱鬧非常，讓一向難以接觸這系列的港台讀者有機會多作了解。或許這是「天意」，《可惡童話》碰巧在此時面世，正正為香港讀者提供一個另類選擇，讓我們感受一下克蘇魯神話與本地傳說交叉穿越的獨特趣味。

後記

非常感謝讀到這兒的每一個你。這個故事能以這樣的形式面世，怎樣說也是一件讓人喜出望外的事，當中要致謝的人實在很多，而最需要道謝的，一定是陪我經歷了這個本來只在我腦海內的故事的你。

先藉這個機會分享一下這個故事的來源。我是個TPRG（桌上角色扮演遊戲）的玩家，不對，應該說是個沉迷在TRPG幻想世界的狂熱粉絲。透過TRPG，讓我有很多機會腦洞大開，遊走於各個多姿多彩的世界觀之間，而為了不讓這些精彩的遊記遺失在歲月之中，我開始拿起了筆，成為一個紀錄者，把這些珍貴的回憶寫成一個個故事。所以當我從龍與地下城，經過黑暗世界，來到克蘇魯的呼喚時，我的故事也由劍與魔法，化成黑暗奇幻，再轉為描述宇宙外力和無以為名狀的恐怖，這個故事正是當中之一。

不過這個故事有點特別，嚴格來說這並不是跑團紀錄。JM原本是我的故事裡一個NPC（非玩家角色），直接說就是個配角，只是因為個人對他的偏愛，才特地為他寫下了屬於他的故事，所以聰明的各位可能會發現這故事中還有很多支線故意沒有清楚交代，那些都是其他故事的內容了。JM和莎芙倫的冒險都還沒有完結，關於他和她、他們身邊的朋友，與及他們身處的世界，還有很多很多可以分享的東西，假如日後還有機會的話，定必繼續和大家細說這些奇妙紀錄。

另外不得不提的是，作為一點隱藏趣味，我在這個故事中收藏了一些彩蛋，還有向某個經典作的致敬，不知道大家有沒有發現呢？

最後再一次感謝讓這個故事有機會展現於人前的每一位。這次出版，的確讓一直停留在舒適圈中的我，獲得更多寶貴的學習機會和經驗，也拓展了我的眼界，讓我增長了許多過往完全不會接觸得到的新知識。我知道在這個城市，創作的路絕不易走，但我相信風浪能讓人成長，而新挑戰，更正正是讓我開啟故事下一章的鑰匙。

多少次感謝也不足以描述我的心情，希望將來能有其他機會，更真摯地表達我的謝意。

The Storyteller R

06.2021

天行賞小說 06

JM的無以名狀事件簿：
可惡童話

作者	The Storyteller R
內容總監	曾玉英
責任編輯	謝鑫
書籍設計	Marco Wong
圖片提供	Getty Images
出版	天行者出版有限公司 Skywalker Press Ltd. 九龍觀塘鴻圖道 78 號 17 樓 A 室
電話	(852) 2793 5678
傳真	(852) 2793 5030
出版日期	2021 年 6 月初版
發行	天窗出版社有限公司 Enrich Publishing Ltd. 九龍觀塘鴻圖道 78 號 17 樓 A 室
電話	(852) 2793 5678
傳真	(852) 2793 5030
網址	www.enrichculture.com
電郵	info@enrichculture.com
承印	佳能香港有限公司 九龍紅鸞道 18 號中國人壽中心 A 座 5 樓
定價	港幣 $88　新台幣 $440
國際書號	978-988-74782-3-2
圖書分類	(1)流行文學　(2)小說／散文

Published & Printed in Hong Kong